Inhaltsverzeichnis

Blutrot bis zum Morgengrauen

Die Krankheit

Band III

Michael Schmitz

Der Tote

Edward und Vitoria sind nun glücklich verheiratet.
Victoria ist nun Lady Victoria, sie hat es geschafft, sie hat in die mächtigste Familie des Landes eingeheiratet. Sie ist nun keine Bürgerliche mehr. So verhält sie sich auch, sie hat schnell ihre Rolle als Lady Victoria Atscher gefunden. Die Bürger von London sind zwiegespalten. Einige heißen eine Dirne, als Lady in London nicht willkommen. Nach der Hochzeit, kommen schon die ersten dunklen Wolken, über das Schloss. Edward ist mit der Rolle, als Nachfolger seines Vaters schnell überfordert. Keiner in London, will mit ihm zusammenarbeiten. Die Frauen sind strikt gegen Lady Victoria, deshalb müssen sich die Männer auch ihren Frauen beugen. Sie lehnen die Geschäfte mit Edward ab. Nachdem der Geheimbund zerschlagen wurde und alles ans Tageslicht kam, passen die Frauen nun sehr gut auf ihre Männer auf. Aus diesem Grund will keiner die neue Lady akzeptieren. Gegen eine arme Frau hätten sie nichts gehabt, aber mit einer Dirne wollte keiner was zu tun haben.
Edward hat es gerade einfach nicht leicht, beide Eltern und sein älterer Bruder tot und seine Schwester im Ausland auf der Uni.
Er hat eine Frau, die ihn zum Außenseiter machte und eine Schwester die auch diese Liebe boykottiert.

Er sucht sich Rat bei Patrick Cunningham, seinem leiblichen Vater. Er ist der Meinung, er soll sein Amt niederlegen und mit Lady Victoria, aufs Land ziehen. Er sei eh kein Atscher, das könnte ihm sonst noch richtig Ärger bereiten. Patrick will nun die Vaterschaft für Edward übernehmen, damit es rechtswirksam sein Sohn wird. Dann wäre Edward kein Atscher mehr, sondern offiziell der Sohn von Patrick Cunningham. Er ist nicht sehr erbaut von Patricks Idee. Damit würde er alles verlieren, sein Vermögen und seine Stellung, doch das will er um jeden Preis verhindern. Er kann sich nicht vorstellen, zu dem Butler, auf einmal Vater zu sagen. Nein, also das will er nicht. Edward der immer für Gerechtigkeit war, stellt sich strikt gegen seinen Vater. Er will um jeden Preis, nun an die Macht. Ihm kann man nichts mehr wegnehmen, weil er der älteste Sohn von Lord George Atscher ist. Patrick der sehr unglücklich ist, weil sich sein Sohn nicht zu ihm bekennen möchte. Er überlegt nun, ob er das nicht einfach alleine machen soll, um so den Druck von ihm nehmen. Er will nur das Beste für seinen Sohn. Er kann sich nicht verstehen, dass er so Ehrgeizig geworden ist. Edward war immer so ein liebevoller junger Mann und nun ist er so verbissen, um an die Macht zu kommen. Er entsorgt im Stadtrat jeden, der nicht auf seiner Seite war. Er enteignet ihnen Haus, Macht und Geld, so etwas hätte Edward früher niemals getan. Entweder sind sie für ihn und seine Frau, oder sie werden ganz schnell entsorgt. Die Atschers haben einfach zu viel macht, ihnen kann keiner etwas anhaben. Patrick nimmt sich vor, am nächsten Tag zum Gericht zu gehen und Edward als seinen Sohn anzuerkennen. Am nächsten Morgen, findet man in der Themse eine ertrunkene Leiche. Er war wohl ausgerutscht und in die Themse gestürzt, dabei hatte er sich den Kopf aufgeschlagen und ist dann ertrunken. Inspektor Brickman, wurde von Passanten gerufen, weil man eine Leiche gefunden hatte. Für Inspektor Brickman stand fest, dass ist kein Mord, das war ein Unfall. Die Akte wird abgeschlossen und als erledigt weg geheftet. Das ist immer ein schrecklicher Anblick so eine Wasserleiche, er war ganz blau angelaufen und aufgedunsen.

Da er mit dem Gesicht auf einem Stein aufgeschlagen war, konnte man die Leiche nicht so ohne weiteres erkennen und es wusste keiner wer die Leiche war. Leider kann auch der Zeitungszeichner, ihm kein Ausdrucksstarkes Gesicht mehr Zeichnen. Für Inspektor Brickman ist klar, dass war ein Besucher sonst hätte sich ja jemand gemeldet. Die ganze Hoffnung lag nun auf dem Kind was Lady Victoria von Edward erwartet.

Die Freuden sind sehr groß und sie können es kaum noch erwarten. Kinder sind immer eine neue Hoffnung, vielleicht wird sie dann vom Volk Akzeptiert? Was Edward immer nur noch sehr schwer zu schaffen macht, ist das seine Schwester Anne immer noch kein Wort mit ihm Spricht. Er kann sich nicht erklären, warum sie so gegen ihn ist.

Sie ist damals nach der Bekanntmachung, ohne ein Wort abgereist und hatte seitdem mit ihm nicht mehr gesprochen. Als sie damals kurz in der Stadt war, wegen dem Tot ihrer Eltern, brauchte sie Zeit um das geschehen zu verarbeiten.

Lady Anne war nun, sehr viele Monate von zuhause weg gewesen. Lady Victoria liegt in ihren Wehen und bekommt nach drei Stunden ihr erstes Kind. Es ist eine Tochter, ihr Name soll Viola sein. Victoria ist sehr geschwächt und sie kämpft um ihr Leben. Es ist wirklich kurz vor knapp, als man die Blutungen endlich stoppen kann. Edward wäre fast alleinerziehender Vater geworden, aber Victoria ist eine Kämpferin. Sie wollte nicht gehen, ohne ihre Tochter aufwachsen zu sehen.

Die Heimkehr

Edward ist sehr geschafft, weil er sich um vieles selber kümmern muss. Auf dem Schloss herrscht reger Personalmangel und Lady Victoria ist noch nicht ganz wieder fit, sie leidet sehr an ihren Depressionen. Sie kann sich nicht um ihre neugeborene Tochter kümmern. Ihr wächst alles über den Kopf, damit hätte sie nie gerechnet, weil sie sich so sehr auf das Kind gefreut hatte. Sie nimmt ihre Tochter nie in den Arm und gestillt wird sie nur mit der Flasche. Das Kind ist nun schon zwei Monate und sie hat sie noch nie im Arm gehabt. Das kommt allen auf dem Schloss nicht normal vor. Eine Mutter die ihr Kind nicht liebt, ist keine gute Frau und man redet schon in der ganzen Stadt über diese neue Lady. Das macht das Ansehen, der Atscher nicht besser. Zum Glück weiß keiner, dass Edward kein Atscher ist, sonst hätte man ihm alles weggenommen. Man hätte ihn so enteignet wie er es mit den anderen gemacht hatte.

Es waren schwierige Zeiten ins Land gebrochen, sein Vater hatte ihm ein schweres Erbe hinterlassen. Da es kein Testament gab, ging alles an den ältesten noch lebenden Sohn. Das war in diesem Fall nun mal Edward, obwohl er jünger war als Lady Anne. Wer immer ganz in der Erbfolge vergessen wurde, war Robert Cunningham der ja der jüngste uneheliche Bruder von Lord George Atscher war. Er wurde immer wieder übersehen, er war und blieb immer der Sohn des Zimmermädchens. Er wollte das gerne ändern, weil er ja Geld genug, dank seiner Erpressung hatte. Er wollte sich von dem Geld eine Arzt Praxis eröffnen und dann mit Lady Anne Menschen helfen. Dafür hatten beide ihr Studium mit Bravour bestanden und ihre Zeit sollte auch wiederkommen. Sie fühlten sich beide etwas hintergangen von Edward. Er wurde immer herrschsüchtiger und konnte mit dem ganzen Vermögen einfach nicht umgehen. Keiner nahm ihn ernst und wollte mit ihm noch was zu tun haben.

In der ganzen Stadt, wird nur noch geredet. Den Respekt haben die Atschers verloren und dabei hat er immer gehofft, wenn das Kind da ist wird alles besser. Das ging ganz schön daneben, weil Victoria als schlechte Mutter galt, verlor er noch mehr an ansehen.

Er wusste nicht, was er noch machen konnte. Als er dann noch mehr Menschen entließ, wurde sein Ruf noch schlechter. Er war doch mal so ein gut herziger, junger Mann gewesen, aber nun hatte er sich total verändert. Er dachte nur noch ans sich. Edward ist sehr engstirnig und egoistisch geworden. Andere Menschen waren ihm egal, er enteignet sie alle, viele Familien standen vor ihrem aus. Edward hat ihnen alles genommen, Häuser, Ländereien und ihr Geld.

Er hat sich so verändert, dass mit ihm keiner mehr was zu tun haben wollte.

Lady Anne und Robert hatten nun geheiratet und ein nicht so schönes Geheimnis im Gepäck, als sie zurück nach Dark Castle kam. Die Heimkehr war für beide, nicht sehr angenehm, weil sie halt nichts Gutes über Edward gehört haben. Anne konnte das gar nicht verstehen, weil ihr kleiner Bruder immer so ein gutmütiger Mensch war. Was ist nur aus Edward geworden? Was hatte Victoria nur mit ihm gemacht? Anne ist das ein Rätsel, sie stellt Edward zur Rede.

"Was ist hier los, warum komme ich zurück und nichts ist mehr wie es war? Du hast dir mehr Feinde geschaffen, in zwei Jahren, als unsere Familie, in unserer ganzen Geschichte. Mir ist es ein Rätsel, warum du diese Frau geheiratet hast, ich war immer schon gegen sie. Sie hat unsere ganze Familie zerstört, nur wegen ihr und ihren anderen Dirnen, wurde unsere Mutter zur Mörderin und unser Vater hat sich das Leben genommen. Wie konntest du diese Frau dann noch heiraten? Ich bin aus diesem Grund, auch nicht zur Hochzeit erschienen, denn sie ist absolut nicht standesgemäß. Du bist mein kleiner Bruder und du hast fiel mitgemacht, aber du hast dich so sehr verändert. Keiner unserer Vorfahren, hätte das was du machst gut gefunden. Unsere Familie war immer sehr hoch angesehen, aber jetzt sind wir nichts mehr, als der verhasste Adel. Du hast eine vierhundert Jährige Familie ruiniert und das in zwei Jahren. Edward, was hast du davon?"

"Anne ich habe nichts ruiniert. Ich habe für uns mehr Land, Häuser und Geld geholt, als all unsere Ahnen. Wer gegen uns ist, hat hier nichts verloren, wir sind reicher als je zuvor. Was kann daran falsch sein? Du warst die letzten Jahre nicht hier selbst zu meiner Hochzeit bist du nicht gekommen und deshalb brauchst du auch nicht hier zu bleiben, wenn es dir nicht passt.

Ich will nur eins, wenn du hier bleibst, dann bist du auf meiner Seite sonst kannst du gehen wie alle andern."

"Edward das ist ja wohl nicht dein Ernst, ich bin deine Schwester, selbst vor der Familie machst du keinen Halt. Wie soll das mit dir mal enden? Jemand wie du hat an der Spitze der Atscher Dynastie nichts verloren. Du bist nicht mal ein wahrer Atscher, du bist und bleibst ein Cunningham. Ich sollte an der Spitze unserer Familien Tafel sitzen und alle Firmen leiten. Du bist viel zu jung und unerfahren, du machst nur Fehler so leitet man kein Unternehmen."

„Anne ist das deine Meinung? Wenn ja, dann verlange ich von dir, das Schloss zu verlassen. Das Schloss und alles was dazu gehört, gehören mir. Ich bin der wahre Herrscher, über unser Vermögen und was unsere Ahnen denken würden, kann mir egal sein. Denn wie du sagst, ich bin kein Atscher und nur ein Cunningham. Nur unser Erbrecht gibt mir das Vermögen und nicht dir, deshalb verhalte dich auf meinem Schloss, so wie es ein guter Gast auch tun würde.

Ich könnte mich gezwungen sehen, dich und Robert vor die Stadtmauern setzten zu lassen."

„Edward, das würdest du dich niemals wagen, ich bin und bleibe eine Atscher, du kannst mir den Titel nicht nehmen und damit auch nicht das Recht auf unseren Wohnsitz."

Lady Anne ist wutentbrannt zu Robert gerannt und erzählt ihm, was sie alles erlebt hat, ihr ist Edward so fremd geworden. Sie kann es nicht glauben, wie er sich veränderte hat.

„Das ist nicht mehr mein kleiner Bruder, er sucht den Krieg und er soll ihn haben. Unsere List muss gut durchdacht sein."

„Wir können uns keine Fehler erlauben, sonst könnte er uns an den Galgen bringen und dann hätte er gewonnen."

„Erstmal werde ich ganz schön nach seiner Nase tanzen, aber dann werde ich zuschlagen. Er muss sich sicher fühlen, sonst haben wir verloren. Wir sind die letzten Atscher die noch leben und nicht Edward. Wir müssen nur einen Beweis finden, am besten reden wir mit deinem Onkel Patrick. Der wird Edward zur Vernunft bringen, wenn nicht er wer dann? Patrick ist immerhin sein leiblicher Vater, so werden wir ihn los."

„bist du sicher, dass Patrick einen guten Einfluss auf ihn hat?"

„ich will es hoffen. Sonst macht er uns das Leben zur Hölle."

Wo ist Patrick

Anne und Robert planen etwas gegen Edward, sie wollen ihn vom Atscher Thorn stoßen. Der einzige, der ihnen jetzt noch helfen kann, ist Patrick. Er muss Edward als seinen Sohn akzeptieren und dann wäre er kein Atscher mehr. Er wollte nach dem Tod von Lady Marie, das Schloss verlassen, nur keiner weiß wo er hinwollte. Er hat sich von keinem verabschiedet. Er hat nur ein paar Sachen gepackt und war weg. Das wäre eigentlich nie seine Art gewesen, er war doch immer so zuverlässig. Es kommt einigen sehr eigenartig vor, selbst Edward wusste nicht wo er hingezogen war.

Edward machte sich auch keine Sorgen um Patrick, denn Patrick wollte ja die Vaterschaft anerkennen und das wollte Edward verhindern. Patrick wollte immer aufs Land ziehen und jetzt ist er halt weg.

Anne macht sich auf die Suche nach Patrick. Sie will wissen wo er hin ist, aber kann sie findet ihn nicht. Ihre ganzen Mühen sind umsonst. Wenn sie ihn nicht findet, dann kann ihr keiner helfen. Patrick ist ihre letzte Hoffnung. Sie sucht im ganzen Schloss, nach Hinweisen. Wo kann er sich, nur aufhalten? Sie findet aber nichts, in seinem Zimmer ist alles noch so wie es er es verlassen hat. Sie schaut durch alle Bücher und in jede Ecke. Unter seinem Teppich findet sie einen Brief, von ihrer Mutter Lady Marie. Jetzt muss sie schlucken, weil sie damit nicht gerechnet hätte, die Schrift ihrer Mutter brachte ihr die Tränen in die Augen. Sie war froh, dass sie doch noch damals mit ihrer Mutter Frieden geschlossen hatte. Nur den Brief jetzt in der Hand zu halten, damit muss sie erst mal umgehen. Sie steckte den Brief erstmal ein. Patrick versteckt scheinbar alles unter dem Teppich. Er hatte bestimmt auch ihren Brief von Robert damals, unter dem Teppich versteckt, das konnte ja kein Zufall sein. Er war bestimmt auch der, der ihre Briefe an Robert nicht weggeschickt hatte, deshalb hatte er den einzigen Brief an mich unterschlagen. Wie kann sie das nur herausfinden, wenn sie ihn nicht findet? Wo kann er nur hin sein? Er ist in keinem der Landhäuser, welches zum besitzt der Atscher gehört. Anne geht in das Zimmer ihrer Mutter, in diesem Zimmer wurde nichts verändert, hier steht alles noch am selben Platz, wie vor ihrem Tod. Das machte ihr alles wirklich zu schaffen.

10

Sie will nur zu ihrem Recht kommen.

Das Tagebuch ihrer Mutter, ist noch dort wo es immer lag. Sie nimmt es an sich, holt sich eine Flasche Wein mit auf ihr Zimmer und macht es sich gemütlich.

Sie will nun wissen, was hier los ist. Zuerst öffnet sie den Brief und ist erleichtert, als sie liest was da drinsteht.

Mein Lieber Patrick,

es gibt etwas, was ich dir noch sagen muss. Es fällt mir nicht leicht,

aber unsere Nacht, ist nicht ohne Folgen geblieben. Du bist der

Vater von meinem Sohn Edward. Ich werde mit meinem Mann

George reden. Er soll auch die Wahrheit erfahren. Ich werde die ganze

Familie einladen und dann werde ich ihnen alles sagen, auch das

wir zurzeit ein Liebespaar sind. Es muss nun endlich aufhören,

mit all den Lügen.

Ich werde Dich immer Lieben

Deine Marie

Dieser Brief beweist ihr, dass Edward ein Cunningham ist und kein Anrecht auf das Vermögen der Atscher hat. Ihr wäre es am liebsten, wenn sie jetzt noch Patrick finden würde. Dann wäre alles für sie einfacher. Warum ist er nur weggefahren, ohne sich von jemandem zu verabschieden?

Sie will nur eins, das Ansehen der Familie Atscher wiederherstellen. Das Ansehen leidet zurzeit sehr unter Edward. Dem Freitod ihres Vaters, die Ermordung ihres Bruders und der Gehängten Mutter, machen es ihr nicht leichter. Sie hat nun keine Wahl mehr, sie muss Inspektor Brickman beauftragen, nach Mr. Cunningham zu suchen.

Sie fährt mit Mr. James, ihrem Kutscher in die Stadt, um Inspektor Brickman auf zu suchen. Derzeit ist nur Officer John Finch auf dem Revier, sie ist sich sicher, dass er kann ihr nicht helfen. Er sitzt gerade über einer Akte, mit einem Mann den wohl keiner Vermisst.

Sie sieht zufällig ein Muttermahl, welches der Tote an der Hand hat.

„Darf ich mal sehen?"

Fragte sie

„Nein leider nicht, die Akten sind nicht für die Öffentlichkeit."

„Aber, ich kenne dieses Muttermahl! Ich bin mir nicht sicher, aber unser Butler Mr. Patrick Cunningham, hatte auch so ein Muttermahl und ich suche ihn schon seit Wochen. Er ist wie vom Erdboden verschluckt, es vermisst ihn keiner und niemand hat ihn gesehen. Einigen kommt das Verschwinden sicherlich sehr recht. Wie ist er gestorben?"

„Er ist in die Themse gestürzt und hat sich das Gesicht aufgeschlagen, dann hat er das Bewusstsein verloren und ist ertrunken. Wir schließen einen Mord aus, es war ein unglücklicher Unfall."

Anne ist sich sicher, die Leiche ist ihr Patrick. Jetzt wird es für sie sehr schwierig sein zu beweisen, dass Patrick der Vater von Edward ist. Ihr Glück ist der Brief ihrer Mutter, da setzt sie nun alle Hoffnungen hinein. Auf den muss sie nun sehr gut aufpassen, wenn der weg kommt, wird sie ihren Bruder nie vom Thron werfen können. Sie hofft, dass Officer Finch jetzt erst mal auch die Ruhe bewahrt. Sie kann es sich nicht erlauben, dass ihr Bruder dahinterkommt bevor sie es nicht alles beweisen kann.

Der Streit

Sie kann sich keinen Streit erlauben, solange sie nicht an der Spitze steht. Edward hat die Macht und kann sie ohne Wenn und Aber vom Schloss werfen lassen. Wem kann Anne sich anvertrauen, jeder hat Angst vor Edward. Keiner will seine Stellung verlieren, er ist einfach so resolut, er lässt keine andere Meinung zu.

Ob Sir Archibald Wesby, sie im Streit gegen ihren Bruder verteidigen würde? Er war immerhin, immer ein sehr guter Freund ihres Vaters. Es ist schon sehr schwierig, gegen den mächtigsten Mann von London zu Klagen. Denn es gibt leider nur einen Brief, der hoffentlich als Beweis ausreicht sein wird.

Anne lässt sich von Lady Margie Wesby zum Dinner einladen. Das hat sie ganz geschickt gemacht, Lady Margie hat nicht gemerkt, dass Anne sich selber eingeladen hatte.

Sie nimmt gerne an dem Dinner teil, lässt aber ihren Robert zuhause. Der darf von der ganzen Aktion nichts mitbekommen. Abends beim Dinner sitzen sie genüsslich beisammen und plaudern über dies und das. Sie muss es geschickt einfädeln, weil sie wissen will, wie steht Sir Archibald Wesby zu ihrem Bruder? Sie fängt an von ihrem Vater zu reden und Sir Archibald Wesby sagt sofort.

„Bei deinem Vater wäre alles anders gelaufen. Er hätte die Menschen nicht so unterdrückt. Wenn er das wüsste, er würde sich im Grabe umdrehen."

„Sind sie nicht gut, auf meinen Bruder zu sprechen? Sir Archibald."

„Wer ist das schon, keiner traut sich was zu sagen, weil man an den Galgen muss und sein ganzes Hab und Gut verliert. Ihr Bruder war mal so ein guter Mensch, aber seit ihre Eltern Tod sind, hat er sich total verändert."

„Was würden sie sagen, wenn ich ihnen sagen würde, wie man ihn loswerden könnte?"

„Ich glaube nicht an Wunder. Er ist der letzte noch lebende Atscher. In der Erbfolge, erhält immer der letzte Sohn das Recht auf das Vermögen. Ich hätte auch lieber Sie als ihn an der Spitze gesehen. Sie sind, wie ihre Eltern, sehr gutmütig."

„Sir Archibald, ich habe einen Brief, meiner Mutter an Patrick Cunningham, der besagt, dass Edward sein Sohn ist. Meine Mutter hatte eine Affäre mit ihm und bei dieser Affäre entstand Edward. Er ist kein Atscher, er ist ein Cunningham und das weiß er auch selber." „Wenn das wahr wäre, dann hätte er in der Erbfolge nichts verloren und müsste alles abgeben, sogar seinen Namen. Wenn sie das wirklich wollen Lady Anne, ich werde ihnen helfen. Ich finde ihr Bruder hat genug zerstört, es waren zu viele Menschen die unter ihm Leiden mussten. Ich würde mich freuen, sie zu vertreten. Ich setze mich gleich morgen hin und setze eine Anklageschrift gegen ihren Bruder auf."

Sir Archibald Wesby, ist mit dem was er sagt, sehr schnell. Er hat sich gleich nachdem Lady Anne seinen Landsitz verlassen hat, an die Anklageschrift gesetzt. Er will, dass Edward so schnell es geht, alles verliert. Jetzt darf nichts schieflaufen, wenn Edward zu früh etwas mitbekommt, dann haben sie schlechte Karten. Die Anklageschrift ist fertig und der Brief ist als Kopie ans Gericht gegangen.

Das Original hat Lady Anne gut verwahrt. Sie will sich nur zurückholen, was ihr Edward abgenommen hat. Sir Archibald Wesby ist der beste Anwalt den es gibt und es wird schwer werden für Edward jemanden zu finden, der so gut ist. Auf dem Schloss kommt wie jeden Tag die Post an, Edward öffnet seine Briefe. Er stutzt, als er einen Brief von Sir Archibald Wesby in den Händen hält. Wer könnte ihn verklagen wollen? oder ist das eine Einladung zum Anwaltsball, wobei der wäre nicht so dick. Als er den Brief öffnet, rief Victoria ihren Mann und er legt den Brief zur Seite und geht zu seiner wunderschönen Frau.

„Mein schöner Schatz was, kann ich für dich tun?"

„Du kannst nichts tun, außer meinen Kleidern, zu bezahlen. Ich habe mir neue Maßkleider gekauft und die müssten jetzt bezahlt werden."

„Ach Schatz, für dich mache ich doch alles. Du sollst die Schönste Frau aus London sein und deshalb sollst du auch die besten Kleider tragen."

Lady Anne bekommt den Einkauf mit und fragt ihn.

„Wovon willst du die Kleider bezahlen? Scheinbar hast du noch keine Post gelesen. Das Erb Geld wurde eingefroren, du kommst an nichts mehr dran, bist nicht alles geklärt ist. Das heißt, du gehst leider ganz leer aus, du bekommst nur das was dein Vater dir hinterlassen hat."

„Ich weiß, mir gehört das Vermögen der Atschers."

„Bist du dir da so sicher? Bist du überhaupt ein Atscher? Ich glaube, deshalb hast du kein Recht auf mein Vermögen. Solange das nicht bewiesen ist, ist das ganze Geld gesperrt. Ich hoffe deine Frau kann ihre Maßkleider auch selber bezahlen? Ich würde nun einfach mal die Post lesen."

Edward, geht wutentbrannt ins Kaminzimmer, wo er die Post liegen gelassen hatte. Er nimmt den Brief von Sir Wesby und öffnet ihn. Das darf ja wohl nicht wahr sein, er soll verklagt werden, man will ihm alles wegnehmen. Sogar seinen Namen, das will er nicht auf sich sitzen lassen. Er sucht gleich einen Anwalt auf, aber der will ihm nicht helfen, weil er keine Aussichten auf Erfolg sieht. Gegen Sir Wesby und Lady Anne Atscher, sieht er keine Chance zu gewinnen und dann würde er von ihm kein Geld bekommen. Edward läuft nur vor verschlossene Türen, keiner will ihn vertreten. Der Tag des Gerichts ist gekommen.

Die Aberkennung

Vor Gericht hat Edward sehr schlechte Karten, da er keinen Anwalt finden konnte, der ihn vertreten wollte. Lady Anne sitzt zusammen mit Sir Wesby, sie ist sich schon sehr siegessicher. Es war eine Öffentliche Verhandlung und alle waren gekommen, jeder wollte den Fall von Lord Edward Atscher sehen. Er hat so vielen Menschen Leid angetan, das die Schadenfreude bei den Menschen sehr hoch ist. Sie wollten Edwards Kopf rollen sehen. Er wusste, dass er kein Atscher ist und hatte das Erbe dennoch angenommen. Das war in den Augen der Justiz Betrug, aber noch schlimmer ist es, dass er so viele Menschen um ihr Hab und Gut gebracht hatte, um sich damit zu bereichern. Das sah der Richter auch nicht so gerne. Edwards Karten lagen gerade sehr schlecht. Er muss sich nun selber verteidigen, ihm bleib keine andere Wahl.

„Verehrter Richter, ich habe mein Leben lang als Atscher gelebt und erst kurz vor dem Tod meiner Mutter erfahren, dass ich ein Cunningham sei. Also warum soll ich nicht weiter als Atscher leben dürfen? Ich wurde als Atscher geboren und als einer erzogen, deshalb steht mir auch das Recht zu, als Atscher zu leben und zu sterben. Warum soll ich ein Butler Junge werden? Nur weil meine Mutter eine Nacht, mit unserm Butler verbracht hat? Mein Vater Lord George Atscher, hat mich als seinen Sohn anerkannt und deshalb bin ich auch der Rechtmäßige Erbe des Atscher Imperiums. Wie sie wissen, ist Patrick Cunningham verstorben und deshalb gibt es keinen mehr, der meine Vaterschaft anerkennen oder ablehnen könnte. Was beweist schon ein Brief, wenn es keine lebenden Zeugen mehr gibt. Deshalb bitte ich sie die Klage als nichtig zu erklären und mir meinen Namen und alles zu lassen, wie es mein Vater wollte."

Lady Anne, ist echt gerührt von der Ansprache ihres Bruders und bangt auch schon damit, ob ihr Bruder vielleicht doch Recht bekommt. Sie hat nicht damit gerechnet, dass selbst der Richter eine Rechnung mit Edward offen hatte. Er hat seinem Bruder, dem Bürgermeister, sein Amt und sein Hab und Gut weggenommen. Keiner konnte was gegen ihn machen, aber jetzt sieht er seine Rache für seinen Bruder.

Der sich leider das Leben genommen hatte, weil er sich vor seiner Frau so sehr geschämt hatte. Jetzt saß der Mann vor ihm, der seinen Bruder auf dem Gewissen hatte und winselte um Gnade. Wie konnte er da nur den Brief nicht als Beweis zulassen. Für ihn war das die Genugtuung, sein Bruder war damit für ihn gerächt. Der Richter Spruch, war eindeutig.

„Edward Cunningham da sie leider kein geborener Atscher sind steht ihnen das Atscher Vermögen auch nicht zu. Sie müssen alles an ihre Halbschwester Lady Anne Atscher abgeben. Sie dürfen auch den Titel Lord Atscher nicht mehr benutzen. Ab heute sind sie Edward Cunningham der Sohn des verstorbenen Patrick Cunningham. Das gilt auch für ihre Ehefrau Victoria sie darf den Titel Lady Atscher auch nicht mehr benutzen. Offene Rechnungen die ihre Ehefrau in London hat, müssen sie selbstverständlich bezahlen. Wenn sie das Geld nicht haben sollten, steht ihnen eine Gefängnis Strafe bevor. Ich gebe ihnen vier Monate Zeit diese Rechnungen zu begleichen. Sollten sie das nicht, müssen sie ihre Strafe im Gefängnis absitzen. Die Sitzung ist für heute geschlossen."

Im Gerichtssaal war eine tiefe Erleichterung zu spüren, jeder wusste nun, dass Edward nur ein Cunningham war und er sie zu Unrecht um ihr Hab und Gut gebracht hatte. Die Hoffnung lag jetzt nun bei Lady Anne, würde sie das wieder gut machen was ihr Bruder verbockt hatte? Lady Anne hatte selbstverständlich, nur gutes im Kopf. Sie wollte den Namen Atscher, wieder zu dem machen was er einmal war. Demnach sorgte sie gleich dafür, dass jeder das bekam was ihm früher einmal gehört hatte. Anne war einfach eine wahre Atscher, sie wusste was es heißt, wenn man Recht und Ordnung im Land haben will. Das Gelächter war noch lange in den Ohren von Edward und Victoria zu hören. Sie konnten nun einfach nicht vergessen, was man ihnen da angetan hat.

Die Geächteten

Es war ein Rabenschwarzer Tag für Edward und Vitoria. Wie sollten sie nur die ganzen Rechnungen bezahlen, Victoria hatte ein vermögen für teure Kleider ausgegeben. Ihm gab ja auch keiner Arbeit, er war nur noch der Butlers Junge. Das hätte er sich niemals träumen lassen, dass er tiefer als tief fallen würde. Da er keine Arbeit hat, hat er kein Geld und deshalb kann er die Kleider nicht bezahlen. Die er auch nicht verkaufen konnte, da sie noch beim Schneider lagen, der auf sein Geld wartete. Das ist ein schrecklicher Zustand, wie soll er da nur rauskommen. Er sieht nur eine Chance, Victoria muss wieder ihre alte Arbeit aufnehmen. Jetzt lag es an Victoria, sie musste nun wieder das Geld im Park verdienen. Früher hatte sie im Park, sehr viel Geld mit Cora verdient. Jetzt ist sie älter, sie müssen ihre Tochter durchbringen und wissen nicht wie. Es kommt immer öfter zum Streit zwischen den beiden, weil das Geld hinten und vorne nicht reicht, was sie im Park verdient. Victoria hatte sich so an das Leben auf dem Schloss gewöhnt und überlegt ob sie nicht als Zimmermädchen dort wieder arbeiten könnte. Edward könnte ja auch in die Fußstapfen seines Vaters treten und als Butler auf Dark Castle arbeiten. Sie werden in der ganzen Stadt geächtet, eine große Wahl haben sie nicht. Ob Lady Anne sie nimmt ist eine zweite Frage, denn sie sind nicht im Guten auseinander gegangen. Jetzt liegt alles bei Anne und Robert, ob sie noch eine Chance bekommen, ein normales Leben zu leben. Als Dirne ist das Geld mittlerweile zu wenig und die Männer haben sie mehr ausgenutzt und ihre Dienste oft um sonst genommen, weil ihr Mann so viele Rechnungen noch offen hatte. Es war einfach eine totale Erniedrigung für Victoria, die sich nicht damit abfinden konnte wieder als Dirne zu arbeiten.

Die kleine Prinzessin

Lady Anne ist nicht begeistert, von der Idee, dass Victoria und Edward auf dem Schloss arbeiten. Es war schon keine sehr schöne Zeit, die sie ums Erbe gestritten hatten. Für die beiden ist es nicht leicht, sie verdienten einfach zu wenig Geld. Ihre Schulden haben sie nun abgearbeitet und keiner von beiden musste ins Gefängnis, aber Victoria ist es leid Nacht für Nacht im Park, Männer für kleines Geld glücklich zu machen. Da ging es ihr als Zimmermädchen auf Dark Castle besser. Sie kann nun Edward überreden um gemeinsam auf dem Schloss zu arbeiten, seiner Schwester in die Augen zu schauen fällt ihm nicht leicht, aber er stellt sich dieser Aufgabe. Anne und Robert sind zum Glück nicht so nachtragende Personen, deshalb hoffen sie auf ihr Mitgefühl. Immerhin sind sie Geschwister, egal was war. Sie haben beide, dieselbe Mutter und vielleicht sieht Anne das halt auch so. Victoria und Edward nehmen ihre kleine Viola mit aufs Schloss. Für Viola ist das Schloss immerhin ihr altes Zuhause und sie versteht noch nicht, warum sie hier nicht mehr Leben. Lady Anne ist sehr resolut und will mit den beiden nichts mehr zu tun haben. Doch als die kleine wunderschöne Prinzessin Viola, in der Türe steht. Sieht Lady Anne die kleine mit ihren blonden Haaren und blauen Augen und gibt sie sich einen Ruck und lässt sich auf die beiden ein. Lady Anne, denkt laufend nur an ihren Sohn und wie es gewesen wäre, wenn er noch leben würde. Sie sind immerhin eine Familie, auch wenn es viel Streit in der letzten Zeit gab. Die kleine Viola ist so zauberhaft, dass sie glücklich ist, das wieder leben auf dem Schloss herrscht. Viola wächst auf dem Schloss, wie eine kleine Prinzessin heran. Lady Anne hat die Kleine, total in ihr Herz geschlossen. Sie sitzt mittlerweile, im selben Goldenen Käfig wie sie und Robert. Da draußen sind zu viele Gefahren die lauern könnten. Deshalb darf sie das Schloss auch nicht verlassen. Selbst ihr Privatlehrer lebt bei ihnen. Anne ist für Viola die Übermutter, die sie nie hatte und kann nun auch ihre Eltern besser verstehen, warum sie nie außerhalb des Schlosses war. Alles wird aufs Schloss gebracht und keiner darf das Schloss betreten oder verlassen ohne sich ab oder an zu melden. Die Zeiten sind einfach nicht mehr das, was sie einmal waren.

19

Viola ist nun langsam eine wunderschöne junge Frau und ist das Ebenbild ihrer Mutter Victoria. Die Jahre vergehen auf dem Schloss wie im Flug und Viola kommt mit der Einsamkeit nicht gut zurecht. Sie hatte nie Freunde, oder Vertraute Menschen mit denen sie sich Austauschen konnte. Das belastet sie alles sehr, als kleines Mädchen war es schön eine kleine Prinzessin zu sein, aber jetzt als junge Frau will sie was von der Welt sehen. Mr. James, ist nun schon viele Jahre auf dem Schloss und kann die Pferde nicht mehr so machen wie früher. Sie brauchen dringend einen Neuen Kutscher, der sich so um die Pferde kümmert, wie es James all die Jahre getan hat. Anne ist sehr traurig, dass sich Mr. James zurückziehen will. Er hat sie all die Jahre so gut gefahren und ihr viele Gefallen getan. Sie suchen nach einem neuen Lehrling für das Gestüt und die Kutschen. Es wird eine Ausschreibung gemacht, und es kommen zahlreiche junge Männer, die sich in der Lage sehen, das Gestüt und die Kutschen zu leiten.

Es sind schwere Zeiten in London, viele wollen nicht mehr für die Atschers arbeiten.

Die Arbeit auf dem Schloss, ist nicht leicht und nicht so gut bezahlt, aber es ist eine Lebenseinstellung. Da sind nicht viele Männer die übrig bleiben, aber Mr. James ist sich sicher, er hat den richtigen gefunden. Viola träumt nur immer von der Welt da draußen, aber sie hat leider ja keinen Kutscher der sie fährt und hofft deshalb dass Mr. James eine gute Wahl getroffen hat. Er fährt nur noch die Herrschaften und das fällt ihm schon schwer. Anne kann Viola gut verstehen, wenn man immer nur auf dem Schloss gefangen ist, dann will man hier raus. Raus bedeutet, dass man sich in Cafés setzen kann, um Leute anschauen. Das hat sie als junge Dame, selber gerne getan. Sie hat es geliebt in die Stadt zu fahren und Kleider zukaufen. Viola bleibt das leider alles verwehrt, weil Mr. James nicht mehr so gut die Kutsche Fahren kann. Sie hofft, dass der Neue Gestüts und Kutschen Leiter seine Arbeit schnell lernt. Damit die junge Viola mal rausfahren kann und was von der Stadt sieht.

Es sind ja nun viele Jahre ins Land gezogen und alles in allem hatten Lady Anne und ihr Bruder, dank Viola wieder ein sehr gutes Verhältnis.

Da Lady Anne selber keine Kinder mehr, nach ihrem verstorbenen Sohn bekommen hat, lässt sie sich von dem alten Sir Archibald Wesby ein Testament aufsetzen. Alles was sie besitzt, soll später einmal Viola bekommen. Ihr ist schon bewusst, dass sie zwar nicht mehr den Namen weitergeben kann, aber sie hofft darauf dass ihr geliebtes Schloss, immer in der Familie bleibt. Das Testament, bewahrt sie gut in ihrem Schreibtisch auf, keiner sollte von ihrem letzten Willen was erfahren. Lady Anne hat all die Jahre sehr darunter gelitten, dass sie und Robert keine Kinder mehr hatten. Vielleicht hat sie gerade deshalb, Viola immer so sehr verwöhnt. Sie war immer die kleine Prinzessin, jetzt ist sie eine wunderschöne junge Frau geworden. Lady Anne hat sie gut als neue Lady auf ihre künftigen Pflichten hingewiesen. Sie lebt schon als wäre sie eine Lady auf Dark Castle. Viola genießt ihre Rolle als zukünftige Lady, aber ihren Eltern ist das nicht so recht. Sie haben Angst um ihre kleine Prinzessin, dass sie wie sie mal sehr tief fallen könnte. Der Fall, war für sie auch sehr schlimm gewesen, sie hatte alles und auf einmal nichts mehr, das möchten sie ihrer Tochter gerne ersparen. Sie wünschen sich, dass ihre Tochter ein Bodenständiges Mädchen wird. „Wenn Lady Anne alles für dich machen will, dann soll sie dir ein Studium bezahlen, womit du so viel mehr erreichen kannst."
Viola ist gar nicht erbaut von dem was ihre Eltern von ihr fordern, aber sie verlangen von Lady Anne, dass wenn sie in ihre Fußstapfen treten soll, muss sie ein Studium ablegen. Anne ist selber Medizinerin und findet dass eine sehr gute Idee. Viola fühlt sich etwas übergangen, jetzt soll sie auf eine Uni, weg vom Schloss, sie war noch nie über Nacht weg und jetzt soll sie ein ganzes Studium lag von zuhause weg sein? Sie weiß gar nicht was sie studieren soll, aber Medizin ist nicht ihr Fach, dann wäre sie lieber Anwältin, ihnen ist alles recht, Hauptsache sie hat ein Studium. Gerade jetzt wo sie so einen netten neuen Gestüts- und Kutschen Leiter haben. Gerade jetzt fährt Viola zur Uni und ist sehr traurig, dass sie nun erst mal nicht mehr auf dem Schloss sein kann. Keiner hätte je gedacht, dass der Familiensinn bei den Atschers, wieder mal so fest werden würde. Dank Viola gibt es keinen Krieg mehr unter den Geschwistern, obwohl Edward in die Fußstapfen seines Vaters getreten ist.

Er ist nun der Butler auf Dark Castle, seine Frau Victoria ist nun wieder das Zimmermädchen. Doch Viola besucht eine der besten Unis, von England. Sie hat sich damit abgefunden und findet es auch nicht mehr so schlimm. Ganz im Gegenteil sie liebt die Uni, weil sie jetzt mal richtige Freunde hat. Am liebsten würde sie auch die Ferien dort verbringen, aber dann muss sie leider zurück aufs Schloss, dort trifft sie auch, den neuen Gestütsleiter. Der junge Mann gefällt ihr schon sehr gut. Er ist zwar etwas älter als sie, aber das stört sie nicht weiter. Auf der Uni gab es auch viele gutaussehende junge Männer in ihrem Alter, aus gutem Hause, aber die Interessierten Viola nicht. Sie hatte nur noch Augen für den neuen Gestütsleiter. Mit seinem muskulösen Körper und der männlichen Aussprache, bei der Stimme konnte sie schon dahin schmelzen.

Bankrott

Die Atscher hatten es in den letzten Jahren nicht leicht, sie mussten viele Hürden meistern. Als sie Edward und Victoria zurück aufs Schloss holte, hatte sie sich nicht nur Freunde damit gemacht. Viele waren gegen Edward und hätten ihn gerne am Galgen gesehen. Das Lady Anne ihm eine zweite Chance gegeben hatte, hat sich auf die Wirtschaft der Atschers nicht gut ausgewirkt. Man hat auf Ländereien zu bewirtschaften verzichtet, man wollte nicht mehr in ihren Wohnungen leben und ihre Geschäftshäuser standen leer. Das Schloss konnten sie auch nicht mehr so in Schuss halten wie früher, es fehlte einfach an Geld und ihr Bankhaus steht kurz vor dem Bankrott. Die Überlegung ist nun, wie kommt jetzt neues Geld herein? Sie müssen das Schloss renovieren und zwar dringend.

Die ganzen Wohn- und Geschäftshäuser müssen verkauft werden und am besten noch die ganzen Ländereien. In London konnte sich zurzeit keiner ein eigenes Haus mit mehreren Wohnungen leisten.

„Wir müssen die Häuser einfach aufteilen und nur einzelne Wohnungen verkaufen."

Schlägt Robert seiner Anne vor.

„Da in London keiner Geld hat, ein Haus mit vielen Wohnungen zu kaufen. Dann verkaufen wir doch besser an viele Personen, ein Haus und unsere Bank finanziert das alles. So stoßen wir alles ab und werden wieder sehr viel Geld verdienen."

Anne ist überrascht, aber findet die Idee gar nicht so verkehrt.

„Jeder Mensch wird Eigentümer einer Wohnung, somit bekommen wir Geld für unser Schloss und mehr als wenn wir nur ein Haus verkaufen."

Robert ist ein tüchtiger Geschäftsmann und nimmt das in die Hand. Er verkauft einfach alle Wohnungen einzeln. Für ein Haus hätten sie vielleicht zweihunderttausend bekommen und jetzt bekommen sie für jede Wohnung fünfzigtausend. So machen sie an fast jedem Haus vierhunderttausend Pfund Gewinn und das bei fast fünfzig Häusern. Die Idee fanden am Anfang alle sehr eigenartig, eine Wohnung zu verkaufen, aber wenn das mehr Geld bringt machten es gleich andere noch nach.

Jetzt konnten sich sogar Menschen in der Stadt eine eigene Wohnung leisten, die früher immer nur zur Miete gelebt hatten. Robert hatte die Wohnungen so gut verkauft, dass sich sogar das Bankhaus wieder erholt hat. Die Leute waren so begeistert von dieser Idee, eine Wohnung zu kaufen, dass gleich viele Geschäftsleute ihn arrangierten, um auch ihre Wohnungen zu verkaufen. Von deren Verkäufen bekam er sogar immer eine Provision ab.

So konnten sich die Atscher von ihrem Bankrott erholen und hatten wieder flüssiges Geld und noch viel besser, sie hatten wieder einen guten Ruf. Der Ruf hatte schon in den letzten Jahren sehr gelitten, nur die Idee die Robert hatte, jede Wohnung einzeln zu verkaufen sprach sie so schnell rum, dass er gar nicht mehr nachkam. Es war ein richtiger Boom, Eigentümer einer Wohnung zu werden. Er hat auch bei der Gelegenheit alle Geschäftshäuser verkauft. Mit dem Verkauf blühte London auf einmal, wieder auf. Keiner war mehr auf die Atscher angewiesen, jeder war auf sich angestellt und konnte mit seinem Eigentum machen was er wollte. Das Bankhaus Atscher hatte jedem die Kredite gegeben und mit den Zinsen wuchs auch wieder das Vermögen. Das Geld was fehlte, haben sie sich über die Verkäufe von den ganzen Immobilien und Ländereien wieder reingeholt. Es wäre eine Schande gewesen, wenn eine alte Familie wie die Atscher sich nicht mehr hätte retten können. Jetzt wo London wieder viele Besitzer hat, kommen auch wieder viele Menschen in die Stadt. Die Geschäfte sind wiederbelebt und vom Land strömen die Menschen in die Stadt zum Leben und einzukaufen. Viele Grundstücke werden nun auch bebaut und bald ist sogar kein Platz mehr für die ganzen Menschen, die auf einmal alle in London leben wollen. Jetzt sehen die Atscher noch zu, große Teile ihres Parks und ihres Waldes zu verkaufen, weil immer mehr Menschen auf einmal in die Stadt wollen und zu wenig Platz da ist. Sie habe mittlerweile so viel Land verkauft, das ihr Park nur noch sehr klein ist, aber dafür wird die Kasse immer voller. Die Wirtschaft in London blühte so richtig auf. Es kamen Menschen, aus den verschiedensten Ländern, um sich hier niederzulassen.

Um das Schloss herum wächst eine immer größer werdende Stadt und es wird immer weniger Platz für Kutschen, weil so viele Motorwagen auf den Straßen fahren. Die Motorwagen lösen die Kutschen fast alle ab. Kutschen und Pferde können sich nur noch die wirklich reichen Leute leisten zum Spaß und Sport. Das Gestüt und der Kutschen Park wird auch immer kleiner, weil einfach der Platz fehlt. Dem neuen Kutscher kann es egal sein, er hat immer noch genug zu tun, auch wenn sie alles stark verkleinern. Der junge Robert Belfort macht seine Arbeit so gut, dass sie auf ihn nicht mehr verzichten möchten. Er liebt die Pferde so, als wären es seien eigenen und die Zucht liegt ihm ganz besonders am Herzen. Er setzte sich mit der Zucht so auseinander, dass er nun öfter mal neues Blut mit in die Zucht brachte. Lady Anne und Lord Robert genießen wieder richtiges Ansehen in der Großstadt London. Sie gaben wieder viele Feste und das Schloss wurde wieder mit vielen Menschen belebt. Jetzt kann sie Viola wenigstens wieder einen Starken Familien zusammen halt übergeben.

Ihr war es immer wichtig, dass die Familie wieder in einem guten Licht dasteht. Sie hat dafür auch viele Jahre kämpfen müssen und erst mit der Idee von Robert ist es gelungen, den Ruf wiederherzustellen. Sie hatte sich auch immer stark gemacht für die Abschaffung des Galgens, was ihr auch gut gelungen ist. An dem Platz wo früher einmal der Galgen stand, ist nun ein sehr großer Brunnen mit einer Engelsstatur. Die Menschen sind nun alle aus so vielen Nationen in London, dass man nicht mehr sagen kann es wird nur noch von den Reichen und Mächtigen regiert.

Es werden große Fortschritte gemacht, worüber man sehr glücklich ist. Lady Anne und Lord Robert haben aus einer kleinen Stadt eine Großstadt gemacht. London zählt nun zu einer der schönsten Städte der Welt. Hier will einfach jeder leben und das haben sie erreicht nur durch ihren fast Bankrott. Ihr fehlt nur ihr Kind, sie ist so einsam ohne Kinder, sie hofft das Viola bald zurückkommt.

Das Kind

Lady Anne war noch sehr jung und alles war so ungewiss. Sie wurde gleich auf der Uni von Lord Robert schwanger. Die beiden waren noch nicht verheiratet, ein uneheliches Kind, das wäre nie gutgegangen. Ihre Eltern hätten ihr sofort die Zahlungen gestrichen, das wäre für sie ein Riesen Fehler gewesen, aber leider war das Kind auch nach der Geburt Tod. Robert war der einzige der das tote Kind gesehen hatte. Für Lady Anne war es immer sehr Schlimm, dass sie ihr Kind nie gesehen hatte. Nur einmal hätte sie es gerne in den Arm genommen. Es war so eine schwierige Geburt, dass sie danach so fertig war und Robert hatte ihr die traurige Mitteilung gemacht, unser Kind ist tot.

Es war ein Schock und immer eine leere in ihr, die sie mit der kleinen Viola versucht hat aufzufüllen. Das Krankenhaus hatte nie gesagt wo sie das tote Kind hin bracht hatten. So musste Lady Marie einen leeren Kindersarg Beerdigen. Keiner war auf der Beerdigung, nur sie und Robert und ein leerer Sarg. Das hat ihr ein Leben lang immer sorgen bereitet. Ihr Sohn wäre nun auch schon zweiundzwanzig Jahre geworden.

Wo ist nur die Zeit geblieben. Vor lauter Trauer, konnte sie all die Jahre auch nicht mehr schwanger werden. Ihre größte Sorge war jetzt immer, dass sie wieder eine Totgeburt bekommen könnte und das würde sie nicht nochmal überstehen. Das war immer ihre größte Angst.

Dabei war ihr größter Wunsch immer ein eigens Kind.

Sie wäre so eine gute Mutter gewesen, sie hatte für Viola alles gemacht. Aber sie hätte sich gewünscht, dass ein Atscher ihren Namen weitertragen würde. Sie hatte sogar einen Namen für das tote Kind gehabt, er sollte als Junge Peter heißen und als Mädchen Fiona. Sie hatte sich das mit Robert über Monate überlegt und die Namen standen schon fest. Als es dann ein Sohn war, der auch noch die Erbfolge gesichert hätte, war sie ganz zerstört. Über zwanzig Jahre später, bracht sie auch nicht mehr darüber nach zu denken ein Kind zu bekommen. Jetzt ist sie zu alt und erst war sie zu jung, mit ihr hat man es nie so gut gemeint. Der Schock saß einfach zu tief bei ihr, weil sie sich ja auch nie richtig Verabschieden konnte.

Robert hatte auch all die Jahre immer ein sehr schlechtes Gewissen seiner Frau gegenüber.

Er konnte ihr die Wahrheit nie sagen und das hatte ihn immer sehr gequält. Sie waren doch beide zu jung für ein Kind gewesen und dann noch nicht mal verheiratet. Zu der damaligen Zeit wäre, das ein Skandal gewesen. Eine Lady ohne Ehemann mit einem ein Kind, das wäre nie gutgegangen. Sie konnte froh sein das Kind in den Semesterferien zur Welt kam, so hatte es keiner gemerkt, dass sie überhaupt schwanger war. Weder Kommilitonen noch ihre Professoren haben was gemerkt, das war ein Geheimnis zwischen ihr und Robert.

Was sie noch mehr zusammen geweißt hatte, weil sie in ihrer Trauer nur mit Robert reden konnte, wenn sie wusste hätte, dass Robert sie betrogen hat, hätte sie ihn nie geheiratet.

Der uneheliche Sohn

Geheimnisse gibt es auf dem Schloss und bei den Atschers genug. Jetzt fängt auch noch Robert an, er und Lady Anne haben sich geschworen, sich niemals an zu lügen und die Wahrheit über die Erpressung hatte er ihr damals ja gestanden. Dass er mal was mit einer Kommilitonin hatte, hatte er total verdrängt. Das war so ein Abend, an dem er viel Bier und Wein getrunken hatte und dann morgens neben einer Frau wach wird, die er gar nicht leiden konnte. Eine Frau die nicht gerade vor Schönheit glänzte. Eine Frau die man schnell wieder vergisst. So eine Frau war Kathrin Watts, sie hatte leichtes Übergewicht und eine große Nase, mit einer kleinen Warze. Sie war Jahrgangs Beste, weil sie immer nur über ihren Büchern hing. Mit ihr ausgehen wollte keiner, das einzige wofür man sie brauchte war zum Abschreiben. Sie gehörte zu den intelligentesten Frauen auf der gesamten Uni. Sie machte beim Operieren jedem Mann etwas vor, aber sie war einfach nicht schön. Alle Männer wollten immer nur sehr schöne Frauen, aber Kathrin übersah man immer. Sie hatte auch gleich ein Semester übersprungen, so dass sie auch sehr schnell mit ihrem Studium fertig war. Es war ihre Abschiedsparty und Kathrin wollte es so richtig krachen lassen, sie hatte ja alles geschafft.

Sie war nun Medizinerin ihr standen alle Türen offen, da ihre Eltern reich waren, konnte sie sogar eine Praxis übernehmen. Diese Frau hatte einfach alles, ihr fehlte halt nur das Aussehen. Auf ihrer Abschiedsparty lud sie alle ein, die kommen wollten. Leider waren das nicht so viele, weil alle froh waren das sie weg war. Robert hatte ihr einiges zu verdanken, weil sie öfter seine Hausarbeiten gemacht hatte, deshalb dachte er sich er müsste wohl zu ihrer Party, nur das er da alleine war, damit hatte er nicht gerechnet.

Es war ja alles umsonst und wenn sonst solche Partys waren, kamen eigentlich immer alle, nur auf Kathrins Party wollte keiner kommen. Wenn Robert gewusst hätte was dabei passiert, wäre er auch zuhause geblieben. Kathrin hatte Robert gut abgefüllt und dafür gesorgt, dass er mit ihr eine Nacht verbracht hatte.

Sie war immer schon heimlich in Robert verliebt gewesen, ihr Traum war es immer ihr erstes Mal mit Robert und der Traum hat sich für sie auch total erfüllt. Robert war zu dem Zeitpunkt mit Lady Anne noch nicht zusammen, also war es kein Betrug und erinnern konnte er sich auch nicht mehr an diese Nacht. Kathrin konnte sich aber noch an alles erinnern. Sie fing an und schilderte ihm wie sie ihn verführt hatte. Das wollte Robert gar nicht hören, deshalb hatte er das Erfolgreich all die Jahre verdrängt. Als sie dann von der Uni weg war, merkte sie schnell, dass sie schwanger war. Jetzt brauchte sie einen Mann, weil sie kein Kind ohne Mann zur Welt bringen wollte. Dann wäre auch ihre Karriere vorbei gewesen.

Sie heiratete ihren Sandkasten Freund Martin, der nie gemerkt hatte, dass es nicht sein Sohn war. Martin verstarb nun vor einigen Wochen und sie wollte mal mit allem reinen Tisch machen.

Sie hatte Robert einen Brief geschrieben und ihm darin mitgeteilt, dass sie ihn treffen müsste, weil sie mit ihm was zu bereden hätte. Er wollte verhindern, dass Kathrin auf dem Schloss auftauchte. Nur aus diesem Grund ging lieber zu diesem Treffen, um zu erfahren was sie von ihm nach all den Jahren wollte.

Kathrin hatte sich nicht sehr viel verändert, nur etwas Dicker ist sie geworden. Ihrem Beruf hatte sie nie ausgeübt, dabei war sie eine der Besten auf der Uni.

„Ich habe unser Kind großgezogen."

Robert schluckte,

„Unser Kind?"

„Ja, ich wurde schwanger in der Nacht meiner Abschiedsparty und als ich das bemerkte, habe ich gleich einen Mann geheiratet, weil ich kein uneheliches Kind wollte. Martin war auch immer gut zu unserem Sohn, aber Martin ist vor ein paar Wochen gestorben und du solltest wissen dass du einen Sohn hast."

„Was macht der Junge denn jetzt?"

will Robert wissen

„Ich weiß es leider nicht, ich habe seit vier Jahren keinen Kontakt zu ihm. Ich weiß nur, er ist wohl nach London gegangen, wir hatten Jahrelang in Schottland gelebt."

„Wie heißt er den?"

„Ich habe ihn nach dir benannt, er heißt Robert. Dein Sohn weiß von nichts, er war nicht mal bei der Beerdigung seines Vaters. Er lebt nun hier in London sein eigenes Leben und will von uns nichts mehr wissen. Er hatte damals einen Streit mit Martin, ist dann fortgelaufen und wir haben nie mehr was von ihm gehört. Ich konnte ihm die Wahrheit nie sagen, solange Martin noch lebte. Für mich war es immer eine Qual ihn zu belügen, er war mein ein und alles, aber als er weg war wurde es für Martin und mich unerträglich. Martin hatte mir an seinem Sterbebett gesagt, dass er es wusste, dass Robert nicht sein Sohn ist. Er war froh, dass er ihn als seinen Sohn aufziehen konnte. Er bestand zum Schluss darauf, Robert und dir die Wahrheit zu sagen."

„Nur wie kann ich dir nun helfen? Ich weiß doch selber nicht wo er sein kann, er kann doch überall in London sein. Wer weiß, vielleicht lebt er noch nicht mal mehr hier in der Stadt und ist bereits weitergezogen. Ich bin mit meiner Frau sehr glücklich und ich kann ihr auch nicht sagen, dass wir beide ein Kind haben. Das wäre für sie ein Schock, weil wir selber keine Kinder haben."

„Ja, aber dann wäre Robert doch dein Nachfolger. Sonst hast du ja keinen, aber ich gebe dir nun einen der deinen Namen weiterführen kann."

„Das ist nicht so leicht, meine Frau würde ihn niemals akzeptieren, sie ist für mich das wichtigste auf der Welt. Ich bitte dich, sag ihm nicht die Wahrheit über mich, falls du ihn je findest. Er hat all die Jahre ohne mich gelebt und das kann er auch in Zukunft weiter machen. Ich möchte keinen Sohn mehr haben. Er ist nun ja schon über zwanzig Jahre und ich glaube wir haben beide unsere eigenen Leben und brauchen keine neuen Beziehungen mehr. Er könnte das vielleicht auch dir nicht verzeihen, dass du ihn all die Jahre belogen hast, am besten es bleibt alles wie es ist."

„Aber Robert, du weißt selber wie es ist, wenn man erfährt wer sein Vater ist. Du hättest doch besser, früher gewusst dass du ein Atscher bist, du wärst ganz anders groß geworden."

„Nur das dein Robert, jetzt bereits groß ist und er hat einen Vater, auch wenn er Tod ist. Aber jetzt noch einen Neuen Vater zu bekommen, ist was ganz anderes. Ich hatte nie einen Vater und habe erst spät erfahren wer mein Vater war. Mein Vater war zu dem Zeitpunkt schon Tod, ich konnte ihn nie kennenlernen. Ich weiß nur eins, ich will keinen Sohn mit einer anderen Frau außer meiner Frau. Ich werde nie zu ihm stehen können und ob das dann so gut für ihn ist, glaube ich auch nicht."

Robert weigert sich mit Händen und Füßen gegen seine Vaterschaft, er will Kathrin ausreden es ihrem Sohn zu sagen. Zum Glück weiß sie nicht wo ihr Sohn ist. Robert ahnt schon was, aber er sagt ihr nichts von seinem Verdacht.

Robert verabschiedet sich nun von Kathrin und fährt zurück aufs Schloss. Er ist sich nicht sicher, ob er Lady Anne etwas erzählen soll. Sie könnte das in den falschen Hals bekommen, aber es geht ihm auch nicht aus dem Kopf. Er ist sich unsicher, ob er überhaupt jemandem darüber etwas berichten soll. Für ihn ist es nicht leicht nun einen Sohn zu haben und er vermutet auch wer es sein könnte. Wem könnte er sich nur anvertrauen, ohne dass man ihn dafür verurteilt? Robert wird nun klar, keiner kann ihm helfen seinen Sohn zu akzeptieren. Das will er Anne nicht antun, da sie selber keine gemeinsamen Kinder haben. Will er auch kein Kind, mit Kathrin als seinen Nachfolger für das Atscher Imperium haben.

Das Geständnis

Robert ist nun in einer schwierigen Lage, das Treffen mit Kathrin ist nicht so gelaufen, wie er sich das vorgestellt hat. Ihm wäre es lieber gewesen, er hätte nichts von seinem Sohn erfahren. Wichtig ist es nun, herauszufinden wo sein Sohn ist. Geheimnisse auf dem Schloss, sind ja nichts Neues und Lady Anne darf es nicht erfahren, für sie wäre das ein schlimmer Rückfall, wenn sie erfahren würde das Robert einen Sohn mit einer anderen Frau hat. Da ihr gemeinsames Kind, bei der Geburt starb. Das hat Anne bis heute nie verkraftet. Robert ist nun Vater und will nun auch herausfinden, wer sein Sohn ist. Er fährt nun zu Oliver Hantun in die Stadt, er hat dort die größte Detektei und er hofft er kann ihm helfen, seinen Sohn zu finden. Mr. Hantun gehört zu einer der zuverlässigsten Detektive, die es in London gibt. Er nimmt sich immer gerne Zeit für neue wohlhabende Kunden, so auch für Lord Robert. Als Lord Robert das Büro von Mr. Hantun betritt, war Mr. Hantun verwundert, das Ein Lord seine Hilfe benötigt.

„Was kann ich für sie tun, Lord Robert?"

„Ich habe ein sehr großes Problem, wobei ich ihre Hilfe brauche!"

„Was können sie den für ein Problem haben, was sie nicht selber lösen könnten?"

„Ich hatte vor 24 Jahren mit einer Kommilitonin, eine Nacht verbracht. In der viel Alkohol geflossen war und wir hatten dann wohl miteinander geschlafen. Ich kann mich an die Nacht nicht mehr erinnern und kann ihnen nicht sagen was alles passiert war. Doch diese Kommilitonin, war nun vor ein paar Tagen bei mir und erzählte mir dass ich Vater sei. Das macht mich etwas nervös. Meine Frau darf davon nichts erfahren."

„Aber was wollen sie denn dann nun von mir?"

„Ich will, dass sie herausfinden wo und wer dieser Junge ist!"

„Kann ihnen das die Mutter nicht sagen?"

„Nein sie hat keinen Kontakt mehr zu ihrem Sohn, sie weiß selber nicht wo er ist. Deshalb möchte ich sie bitten diesen Jungen zu finden."

„Was wissen sie denn über ihren Sohn?"

„Ich weiß eigentlich nicht sehr viel, ich weiß nur das seine Mutter Kathrin Watts heißt und der Vater Martin. Er selbst heißt wohl Robert so wie ich, weil ich Kathrins große liebe war."

„Das ist ja nicht sehr viel was sie wissen, können sie mir sagen wo er sich aufhalten soll?"

„Nein das kann ich leider nicht, sie lebten in Schottland und er soll wohl hierher Richtung London ausgewandert sein. Um Geld brauchen sie sich keine Sorgen machen, ich werde sie sehr gut bezahlen und hier ist schon mal ein Vorschuss, damit sie sehen wie ernst es mir ist. Ich bitte sie um Diskretion, dass meine Frau nichts erfährt."

„Diskretion ist für mich selbstverständlich und ich werde gleich morgen anfangen, nach ihrem Sohn zu suchen. Wie kann ich sie erreichen? Ich kann ja nun schlecht auf ihr Schloss kommen!"

„Wir können ausmachen, dass ich einmal in der Woche zu ihnen ins Büro komme und dann können sie mir alles berichten was sie erfahren haben."

„Gut so werden wir es machen, kommen sie jeden Freitag in mein Büro und ich gebe ihnen einen Bericht über die Lage. Wenn sie damit einverstanden sind?"

„Prima dann sehen wir uns ab jetzt jeden Freitag hier in ihrem Büro und sie berichten mir wie weit sie sind."

Oliver Hantun beginnt sofort am nächsten Tag mit seiner Suche, in Schottland um die Spur von Robert aufzunehmen. Alte Freunde aus der Schule berichten ihm, dass Robert immer in die große weite Welt wollte. Seine Ex-freundin war sich sicher, dass er nach Paris oder London wollte. Sein Traum war es immer Modedesigner zu werden. Er wollte um jeden Preis, seine eigene Mode rausbringen und das war in einem Dorf in Schottland nicht möglich. Er hatte wohl Geld gespart um eine Modeschule zu besuchen. Hantun war sich sicher, dass er dann lieber erstmal in London forschen wollte, bevor er nach Paris fährt. Wieder in London angekommen, ging er gleich in die einzige Modeschule der Stadt. Dort gab es tatsächlich mal einen Robert der sich eingeschrieben hatte. Nur war er nicht lange dort, weil ihm das Geld ausging. Er musste deshalb die Schule abbrechen und konnte sie nicht weiter besuchen.

Als Lord Robert wie versprochen am Freitag in das Büro von Mr. Hantun kam, erzählte er ihm was er alles in Erfahrung bringen konnte.

„Und, haben sie was herausgefunden?"

„Ja so einiges. Ihr Sohn, wollte ein Modedesigner werden. Er besuchte eine Modeschule hier in London. Doch er konnte es sich nicht mehr leisten und musste die Schule verlassen. Ich werde auf jeden Fall weiter nach ihm suchen."

„Ich danke ihnen. Da sind sie schon weiter, als seine Mutter. Sie wird bestimmt auch glücklich sein, wenn sie erfährt das es ihm gut geht."

„Dass es ihm gut geht, kann ich nicht sagen. Da ich ihn ja noch nicht gefunden habe. Aber ich bleibe dran und wir sehen uns nächsten Freitag."

Mr. Hantun versucht es in der Modeszene weiter. Wenn jemand so viel Talent hatte, muss er ja nun irgendwo auch zu finden sein. Ein guter Freund von Robert erzählte ihm, dass Robert in einigen Clubs verkehrte, wo Männer nach Männern Ausschau halten würden. Er wollte sich dort wohl Geld verdienen, um die Schule weiter besuchen zu können. Das Schränkte für Hantun die Suche nach Robert wieder etwas mehr ein. Er machte sich gleich auf den Weg und besuchte den ersten Club. Ein Junger gutaussehender Mann wie Robert, war sehr bekannt in den Clubs. Jeder kannte ihn, aber keiner wusste wo er abgeblieben war. Er hatte wohl öfter sich mit einem Stark riechendem Mann getroffen. Sie hatten öfter wohl die Nacht zusammen verbracht und irgendwann hatte man ihn nicht mehr gesehen. Als Lord Robert wieder in Hatuns Büro kam, war er zwar schon weitergekommen, aber immer noch nicht soweit, dass er ihm sagen konnte wo er sich nun aufhalten würde. Er sei wohl schon seit langem verschwunden. Er wusste nur, dass er sich immer mit einem älteren Mann getroffen haben muss. Er gab die Suche nicht auf und fand heraus, dass der ältere Mann ein Pferdemann war.

Auf einmal hatte Hantun einige neue Spuren, die auf einen Ehemaligen Kutscher der Familie Atscher passten. Als er das Schloss der Familie Atscher aufsuchte, um dort nach dem älteren Mann zu suchen. Fand er Mr. James der gerade, seinen neuen Mitarbeiter Robert Belfort in seine Arbeit einwies.

34

Was für ein Zufall, dass Robert gleich an derselben Stelle zu finden war.

Als Lady Anne in den Stall kam und Mr. Oliver Hantun antraf, wollte sie von ihm wissen, was er in den Stallungen zu suchen hätte. Mr. Hantun gab sich als ein Zeitungsreporter aus und wolle einen Artikel über die wunderschönen Pferde aus der Atscher Zucht schreiben. Lady Anne fühlte sich geschmeichelt, aber konnte es nicht so ganz glauben, weil er sich nicht angemeldet hatte. Lady Anne erkundigte sich sofort bei der London Post, ob ein Reporter über ihre Pferde schreiben wollte. Was man ihr natürlich nicht beantworten konnte, da es Mr. Hantun bei ihrer Zeitung nicht gab. Lord Robert ging wie jeden Freitag ins Büro von Mr. Hantun und wollte wissen, was er herausgefunden hatte.

„Ich kann ihnen sagen, ich habe ihren Sohn gefunden und den alten Mann ebenfalls."

„Wer ist der alte Mann, der meinen Sohn für Sex bezahlt hat? Und wo ist mein Sohn?"

„Der alte Mann, ist ihr alter Stallmeister der sich um ihre Pferde gekümmert hat. Er heißt Mr. James und ihr Sohn ist Robert Belfort der neue Stallmeister."

„Sind sie sich sicher?"

„Ja ich bin mir sehr sicher. Mr. James ist der alte stark riechende Mann, der sich Robert immer für einige Nächte gebucht hatte."

„Aber unser Mr. James und Robert Belfort kannten sich vorher nicht."

„Da wäre ich mir an ihrer Stelle nicht so sicher. Ich glaube er hat von Mr. James erfahren, dass sie einen neuen Stallmeister suchen würden. Deshalb hat er sich gemeldet, weil er aus der Szene aussteigen wollte. Das war für ihn eine neue Chance. Das heißt, sie haben ihren Sohn schon die ganze Zeit, bei sich auf dem Schloss, ohne es zu wissen."

„Ich war mir nicht sicher, aber ich hatte mir sowas schon gedacht, als Kathrin mir erzählte dass mein Sohn Robert heißen würde. Ich war mir sicher, dass er mein Sohn sei, aber ich wollte von ihnen die Gewissheit haben. Nur das er so einen Werdegang hinter sich hat, war mir nicht klar. Ich hoffe, sie werden das keinem erzählen."

„Ich werde es zwar keinem sagen, aber ich habe im Stall ihre Frau getroffen. Ich musste ihr sagen, ich sei von der Zeitung damit sie meine wahre Identität nicht mitbekommt."

Als Lord Robert abends nach Hause kam, stand Lady Anne schon im Kaminzimmer und wollte wissen,

„Wer ist Mr. Hantun?"

Lord Robert, konnte zwar Geheimnisse vor seiner Frau verbergen. Doch er konnte sie schlecht anlügen, also blieb ihm nur eins und das war die Wahrheit.

„Was soll ich dir sagen?"

„Wie wäre es damit, wer oder was ist Mr. Oliver Hantun?"

„Mr. Hantun ist ein Privatdetektiv!"

„Wofür, brauchst du einen Privatdetektiv in unserm Stall?"

„Kannst du dich noch, an unsere Studienzeit erinnern?"

„An unsere Studienzeit? Das ist doch schon ewig her, warum brauchst du deshalb einen Detektiv in unserem Stall?"

„Was soll ich sagen, du kannst dich noch an Kathrin erinnern?"

„Kathrin? Was hat die mit unserem Stall zu tun?"

„Kathrin, hatte mir oder einigen anderen geholfen unsere Klausuren zu schreiben. Sie war einfach die beste. Wir waren ihr alle sehr Dankbar. Aber bevor wir beide richtig fest zusammen waren, gab sie eine Abschiedsparty. Ich dachte mir, wir wären alle eingeladen und es würden auch alle kommen. Ich war leider der einzige, der auf ihrer Party kam. Sie hatte mich mit Alkohol gut abgefühlt. Ich hatte auch keine Erinnerung was in dieser Nacht passiert ist. Am nächsten Morgen wurde ich bei ihr wach, bin dann nachhause gefahren, habe dich auf dem Schloss besucht. Dann kamen wir beide erst fest zusammen. Ich habe dich niemals in unserer Zeit je betrogen. Aber ich habe Kathrin vor ein paar Wochen getroffen, weil sie mich sehen wollte. Bei dem Treffen sagte sie mir, dass sie von mir Schwanger war und deshalb ihren Sandkasten Freund geheiratet hat. Damit sie kein uneheliches Kind bekommen würde."

„Was willst du mir damit jetzt genau sagen?"

„Sie sagte mir, ich sei der leibliche Vater, von ihrem Sohn. Aber sie hätte seit Jahren keinen Kontakt zu ihm und wüsste auch nicht wo er jetzt sein würde. Deshalb habe ich Mr. Hantun beauftragt, nach meinem Sohn zu suchen."

„Aber was hat er dann bei uns im Stall zu suchen gehabt?"

„Nach wochenlanger Suche, ist er auf Robert Belfort gestoßen, er ist mein Sohn. Da ich dir das nicht sagen wollte, bevor ich nicht sicher bin, habe ich bis jetzt gewartet um dir das Geständnis zu machen."

„Das Geständnis? Hättest du mir das auch gesagt, wenn ich Mr. Hantun nicht erwähnt hätte?"

„Ich kann es dir nicht sagen, weil das für mich selber so ein Schock war und auch ist. Ich wollte dich nicht damit belasten, weil ich weiß wie sehr du dir ein Kind, mit mir immer gewünscht hast."

„Das heißt, du hast jetzt einen Sohn mit einer anderen Frau, der dein Nachfolger werden soll?"

„Ich glaube, ich werde es ihm nicht sagen. Er glaubt sein Vater ist Martin Belfort und ich weiß nicht, ob er weiß das er tot ist."

„Ich kann dir nur sagen, da ist zwischen uns das letzte Wort noch nicht gesprochen. Aber jetzt will ich erstmal meine Ruhe, ich glaube du solltest das Schloss erstmal verlassen."

„Ich werde das Schloss heute noch verlassen und lasse dir die Zeit, die du brauchst um zu merken, dass ich nur dich liebe. Ich weiß das unsere Liebe so stark ist, dass wir das gemeinsam überstehen."

Lord Robert packt sich ein paar Sachen zusammen und verlässt das Schloss um Anne die Ruhe die sie braucht zu geben. Er kommt in einem kleinen Hotel in der Stadt unter und hofft dass Anne ihm das verzeihen kann. Das war immer das Schlimmste für ihn, ein Kind mit einer anderen Frau. Wird sie damit jemals zurechtkommen, oder wird dies immer zwischen ihnen stehen?

Der Mord

Ein ungeklärter Todesfall, lässt Inspektor Finch nicht schlafen. Ihm ist nicht klar, warum Patrick Cunningham in den Fluss stürzte und sein Gesicht dabei regelrecht zerschmettert wurde. Man sagt zwar es sei ein Unfall, aber Finch wollte das nie wirklich glauben. Wer hätte von seinem Tod profitiert? Er rollte den Fall neu auf und stellte einigen Leuten unangenehmen Fragen. Erst musste Lady Anne aufs Revier und sich den Fragen von Inspektor Finch stellen.

„Wie gut kannten sie Mr. Cunningham?"

„Was soll ich ihnen sagen, er war jahrelang unser Butler und es stellte sich heraus, dass er der Vater meines Bruders Edward war. Ich habe ihn selber lange gesucht und hatte keinen Grund ihn zu ermorden. Er stand unserer Familie sehr lange immer gut und treu zur Seite."

„Haben sie einen Verdacht, wer ihn ermordet hat?"

„Ehrlich gesagt, war ich im Glauben er wäre gestürzt und ertrunken. Ich war mir sicher, dass er keine Feinde hatte und könnte mir nicht vorstellen, wer das getan haben könnte. Er war nur ein Butler und hatte keine großen Reichtümer, die er jemandem hätte geben können, oder gar vererben."

„Wie stand ihr Bruder Edward zu ihm?"

„Was soll ich sagen, Edward hatte erst kurz vor seinem Tod erfahren, dass er der Sohn von Patrick sei. Für ihn war er immer nur unser Butler, der sich um unser Schloss kümmerte. Leider auch um unsere Mutter, so kam dann ja Edward zur Welt. Ich glaube der einzige der ihn hätte hassen können, wäre mein Vater gewesen, aber der war schon länger Tod."

„Ok dann glaube ich ihnen mal und bedanke mich bei ihnen für die offenen Wort. Ich wünsche ihnen noch einen schönen Tag, Lady Atscher."

„Wenn ich nun nicht mehr gebraucht werde, würde ich jetzt wieder gehen. Ich wünsche ihnen ebenfalls einen schönen Tag. Ich glaube, sie können den Fall wieder zu den Akten legen und einen Unfall daraus machen. Ich empfehle mich."

Finch war sich nicht sicher, ob Lady Anne mehr wusste als sie sagte, oder war sie wirklich so naiv, zu glauben das wäre ein Unfall gewesen. Dann wurde Lord Robert nach dem Toten befragt.

„Haben sie gewusst, dass Edward der Sohn von Mr. Cunningham war?"

„Ja ich wusste dass mein Onkel eine Affäre mit Lady Marie hatte und dass Edward der Sohn von ihnen war. Patrick Cunningham, war der Bruder meiner Mutter und nach ihrem Tod hat er sich sehr um mich bemüht."

„War er ihnen nicht peinlich?"

„Wie meinen sie das? Warum sollte mir mein Onkel peinlich gewesen sein?"

„Immerhin waren sie die große Liebe von Lady Anne und sind damit zum Lord geworden, dennoch blieb ihr Onkel nur der Butler. Da stellt sich mir die Frage, ob sie nicht was mit dem Tod zu tun haben könnten? Immerhin war er ihr letzter Verwandter."

„Also ehrlich gesagt, ist er nicht der letzte Verwandte, denn es gibt ja noch meinen Cousin Edward, oder sollte ich ihn etwa auch umbringen? Mein Onkel und ich hatten immer ein sehr gutes Verhältnis zu einander, wenn sie gut recherchiert haben wissen sie dass ich eh ein halber Atscher bin."

„Irgendwie ist ja jeder ein halber Cunningham und Atscher?"

„Nein, da liegen sie falsch, nur ich, bin ein halber Cunningham und Atscher. Edward ist zwar als Atscher großgezogen worden, aber Lady Marie war ja auch nur angeheiratet. Demnach ist er leider nur ein Bastard zwischen einer Schneiders Tochter und einem Butler. Wie sie sehen hat er mit der Familie Atscher nichts zu tun, wenn sie mich jetzt bitte endschuldigen würden, ich habe noch wichtige Termine zu erledigen. Einen schönen Tag noch."

„Danke den wünsche ich ihnen auch."

Finch holte sich nun Edward ins Revier und war sich sicher einer muss ihn ermordet haben, er glaubte nicht an einen Unfall und für ihn war fast jeder im Schloss verdächtig.

„Mr. Cunningham wie standen sie zu ihrem Vater?"

39

„Was soll ich ihnen sagen, er war für mich eigentlich nur der Butler. Ich habe nie, ein Vater Sohn Verhältnis, zu ihm gehabt. Ich bin mit ihm groß geworden, aber mein Vater war immer nur Lord Atscher. Ich hatte keinen Grund ihn zu hassen, weil ich doch ein sehr gutes Leben geführt habe."

„Stimmt da sagen sie etwas Wahres, sie hatten bevor sie wussten das er ihr Vater war ein sehr gutes Leben, aber nun sind sie der Butler auf dem Schloss. Hat sie das nie gestört?"

„Gestört? Wie soll ich das ausdrücken, ich war ein Lord und jetzt bin ich nur noch der Butler in dem Schloss, in dem ich geboren wurde. Am Anfang war es eine Demütigung, aber heute habe ich mich damit abgefunden und bin in die Fußstapfen meines Vaters getreten. Uns geht es sehr gut, auf dem Schloss und unserer Tochter fehlt es an nichts. Viola wurde behandelt wie eine Prinzessin, meine Halbschwester Lady Anne macht einfach alles für sie. Ich bin froh dass ich sie habe. Ich würde nun gerne wieder zu meiner Arbeit fahren."

„Ich habe keine Fragen mehr, aber bitte halten sie sich für mich bereit. Einen schönen Abend noch."

Jeder könnte ihn getötet haben, aber die Motive sind ihm einfach nicht handfest genug. Als alle wieder auf dem Schloss waren, war das einzige worüber man nachdachte, war es wirklich Mord oder doch ein Unfall? Mehr als einer wusste das es ein Mord war und er wollte auch nicht mehr den Mund halten und Inspektor Finch die Wahrheit sagen. Über das was er am Fluss gesehen hatte, es war kein Unfall. Patrick wurde mit einer Schaufel das Gesicht zertrümmert und dann in den Fluss geworfen. Als Robert Belfort abends den Stall abschließen wollte, machte er einen schlimmen Fund. Er sah dass Mr. James in der Stallgasse sich erhängend hatte und unter ihm ein Brief lag.

Es tut mir alles so leid, aber
ich habe Patrick ermordet.
Bitte verzeiht mir
James

Robert schrie nur und alle aus dem Schloss kamen angerannt um zu schauen was passiert war.

Keiner konnte es verstehen was James da getan hatte. Er hat den Mord an Patrick gestanden. Für Robert war Mr. James immer nur mehr als sein Vorgänger und er stand total unter Schock.

Der Augenzeuge

Inspektor Finch war sehr schnell zur Stelle und ihm war klar beide Fälle waren Mord. Adam Pooth der die Praxis seines Vaters übernommen hat, war schnell zur Stelle um Robert eine Beruhigungsspritze zu geben. Adam sah Robert nun zum ersten Mal auf dem Schloss und hatte einige andere Erinnerungen an Robert. Adam hatte nach Phillip keine Liebe mehr gefunden und verkehrte immer in den Clubs für Männer, von Frauen hatte er die Nase voll. Robert war immer sein großer Favorit, für den er auch immer sehr gut bezahlt hatte. Bis zu dem Tag als Robert verschwand. Er musste Robert so ruhigstellen, weil er nur um sich geschlagen hatte und total hysterisch war. Lady Anne bedankte sich bei Adam und sagte ihm.

„Wir übernehmen alle kosten."

„Ich werde die Tage noch mal nach ihm sehen."

Auf dem Schloss glaubten nun alle, Mr. James hätte Patrick ermordet und dann sich selber das Leben genommen. Sie dachten er hätte Angst vor der Befragung habt. Der Schock sah's bei allen sehr tief, aber für Robert war es so schlimm, dass er nach ein paar Tagen in die Klink musste. Adam hat ihn zur Beobachtung, mit ins Krankenhaus genommen, da er einfach keine Fortschritte gemacht hatte. Es ging ihm von Tag zu Tag immer schlechter. Keiner auf dem Schloss konnte verstehen was da wohl hinter stecken würde. Er hatte ihn zwar gefunden, aber keiner wusste was von der Liebelei zwischen Mr. James und Robert. Der einzige der es wusste war sein Vater Lord Robert, aber er wollte ihn nicht bloßstellen, es war ja immerhin sein Sohn auch wenn das keiner wusste. Adam ahnte zwar, dass dort mehr im Gange war, als man sagte, nur er wollte sich ja nun auch nicht selber belasten. Für Adam war nur wichtig, dass Robert wieder gesund wird. Er stellt ihn unter sehr starke Beruhigungsmittel, so dass Inspektor Finch ihn nicht ansprechen konnte. Er faselte immer nur vor sich hin, es war kein Selbstmord, es war Mord. Das war etwas was Adam und Inspektor Finch sehr beunruhigte, denn auf dem Schloss war eindeutig ein Mörder. Nur wer war es?

Inspektor Finch war sich sicher es muss ein Mann sein, denn eine Frau könnte einem nicht das Gesicht so zertrümmern und hat nicht die Kraft um einen Mann an der Stalldecke aufzuhängen.

Dennoch ließ er Victoria zu sich kommen.

„Was hat ihr Mann mit beiden Männern zu tun gehabt?"

„Mein Mann? Mein Mann ist kein Mörder er wäre nie in der Lage jemanden zu töten. Warum sollte er das auch nur tun? Er war immer bei mir gewesen, das kann ich vor jedem Gericht auch bezeugen."

„Können sie sich vorstellen, warum es Mr. Belfort so schlecht geht?"

„Ich habe keine Ahnung, er war unser neuer Stallmeister und er kümmerte sich um das Gestüt. Vielleicht hat auch er die Morde begangen? Wenn Sie, meinen Mann Verdächtigen, muss ich ihnen sagen, dass er es genauso getan haben könnte."

„Warum sollte Mr. Belfort einen Grund haben, beide Männer zu töten?"

„Gegenfrage, warum fragen sie ihn, nicht selber? Ich weiß nur, mein Mann war bei mir und jetzt möchte ich gerne das Revier verlassen. Wenn sie noch weitere Fragen haben, dann können Sie, sich ja melden, Sie wissen ja wo sie mich finden."

„Ich habe keine weiteren Fragen mehr. Ich hoffe, Sie kommen gut nachhause."

Zuhause angekommen, berichte Victoria ihrem Mann von den Fatalen Behauptungen des Inspektors.

„Was hast du ihm gesagt?"

„Ich sagte ihm, dass du bei beiden Morden zuhause bei mir warst. Er sollte doch mal Robert befragen, vielleicht hat er die Morde begangen."

„Lord Robert?"

„Nein Robert Belfort, er liegt in der Klinik und hat vielleicht einen Schaden davongetragen, weil er die Morde nicht verkraftet hat."

„Was sagte der Inspektor dazu?"

„Nicht wirklich viel, ich hatte den Eindruck, dass er nur dich im Verdacht hatte."

„Gut, dass du gesagt hast, dass wir zwei zusammen waren. Jetzt kann er mir nichts mehr anhaben. Ich gehe nun mal ins Bett, es war ein langer Tag heute. Schlaf gut."

„Danke, Schatz du auch?"

Lady Anne liegt noch lange in ihrem Bett wach und denkt über die Todesfälle nach. Sie hätte gerne das ihr Robert nun bei ihr wäre, aber sie kann ihm einfach noch nicht verzeihen.

Vielleicht hat er die beiden Männer auch ermordet? Er empfand seinen Onkel als nicht standesgemäß. Der arme Mr. James hat alles mit angesehen und sein Sohn Robert ist deshalb so verstört, weil er ihn gesehen hat. Der Gedanke geht ihr einfach nicht aus dem Kopf, aber sie kann natürlich ihren eigenen Mann, beim Inspektor nicht anzeigen. Da es kein gutes Licht auf die Familie werfen würde. Auf ihrem Schloss fühlt sie sich gerade einfach nicht sicher, ohne ihren Robert. Entweder ist er ihr Mörder oder ihr Schutz, wie sie es dreht und wendet, sie steht nun ganz alleine, im Schloss da. Sie muss morgen mit Adam reden, ob sie mal mit Robert in der Klink sprechen kann. Damit sie sich sicher sein kann, das es nicht ihr Mann ist der die Morde begangen hat.

Am nächsten Morgen, fährt sie in die Klinik zu Adam und spricht mit ihm über Robert.

„Meinst du ich könnte ihn mal besuchen?"

„Ich bin mir noch nicht sicher, ob Robert schon so weit ist, das er Besuch empfangen kann. Er steht immer noch, unter sehr starken Beruhigungsmitteln, er hat das alles noch nicht verarbeitet. Ich kann nicht verstehen, warum er sich nach so vielen Tagen immer noch nicht beruhigt hat. Aber vielleicht kommst du besser an ihn heran?"

„Du würdest mir sehr helfen, wenn ich mit ihm reden dürfte."

„Ok, komm mit, ich bringe dich zu ihm."

„Danke"

Adam und Lady Anne gehen zu Robert, in die Gummizelle, er ist kaum ansprechbar. Er sitzt zusammen gekrümmt in der Ecke und stammelt immer nur es war Mord, es war Mord. Lady Anne setzt sich neben ihn, nimmt seine Hand und fragt ihn.

„Robert, kannst du mich verstehen?"

Er nickt mit dem Kopf.

„Weißt du wer der Mörder ist?"

Er nickt wieder mit dem Kopf

„War es mein Mann?"

Er schüttelt den Kopf

Lady Anne war erleichtert, aber nun müsste der Mörder auf dem Schloss sein, das bereitet ihr Unbehagen, weil sie keinen Schutz dort hat.

„Wer ist der Mörder?"

Dann wird er ganz nervös und schreit Mörder, Mörder.

„Aber wer ist der Mörder?"

„Edward, Edward ist der Mörder."

Lady Anne traut ihren Ohren nicht, ihr Halbbruder soll der Mörder von Mr. James und seinem Vater Patrick sein. Sie weiß gar nicht was sie nun machen soll. Erstmal kommt sie aus der Gummizelle und ist kreidebleich und Adam will nur wissen.

„Hat er was gesagt?"

„Ja das hat er, Edward soll Mr. James ermordet haben und dann scheinbar auch seinen Vater. Ich weiß gar nicht was ich jetzt machen soll."

„Du musst zum Inspektor und ihm alles sagen was du weißt."

Da sich Lady Anne mit ihrem Halbbruder auf dem Schloss nun nicht mehr sicher fühlt. Geht sie gleich zu Inspektor Finch und berichtet ihm, was Robert ihr erzählt hatte. Lady Anne berichtet: Er ist der einzige Augenzeuge der gesehen hat, dass Edward Mr. James ermordet hat."

Inspektor Finch hatte ja immer Edward im Verdacht, aber keine Beweise gegen ihn in der Hand. Der fuhr gleich zum Schloss und hat sich Verstärkung mitgenommen um Edward zu verhaften.

„Mr. Cunningham ich muss sie leider wegen dem Verdacht des Mordes an Mr. James festnehmen. Bitte leisten sie keinen wiederstand, denn das Schloss ist umstellt."

„Ich war es nicht, ich bin kein Mörder, ich war zuhause bei meiner Frau."

„Sie werden heute noch einem Haftrichter vorgestellt und bleiben solange in Untersuchungshaft bis das Gegenteil bestätigt wurde. Sie können froh sein, dass Lady Anne dafür gesorgt hat das die Todesstrafe abgeschafft wurde, sonst kämen sie an den Galgen."

Die Gefängnisstrafe

Victoria konnte es nicht für möglich halten, dass Inspektor Finch ihren Mann festgenommen hatte. Sie beharrte immer noch darauf, dass Ihr Mann unschuldig sei. Sie wollte von Inspektor Finch wissen, wer gegen ihren Mann ausgesagt hatte. Leider war es ihm nicht möglich, weil er zur Verschwiegenheit verpflichtet ist. Lady Anne kam das sehr gelegen, denn sie war sich nicht sicher wie Victoria sonst auf sie reagiert hätte. Am nächsten Morgen, waren beide Frauen in der Eingangshalle und unterhielten sich darüber was gestern passiert war.

„Ich kann es nicht glauben, dass man meinen Edward verhaftet hat, wegen einer Behauptung die nicht bewiesen ist."

„Victoria, mach dir keine Sorgen es wird bestimmt alles gut. Die können Edward nicht länger als nötig festhalten. Wenn er unschuldig ist, kommt das schnell raus und er ist wieder frei."

„Ich will es hoffen, ich muss Viola einen Brief schreiben, damit sie Bescheid weiß und es nicht durch die Zeitung erfährt."

„Hoffentlich macht sich Viola nicht zu viele Sorgen auf der Uni. Immerhin ist das ihr letztes Jahr und dann kommt sie eh wieder zurück aufs Schloss."

„Soll ich meiner Tochter dann besser nichts sagen?"

„Ich glaube, du solltest sie jetzt erstmal in Ruhe lassen, damit sie zu Ende studieren kann."

„Hat der Inspektor erzählt wer der Zeuge war?"

Lady Anne wurde ganz nervös und konnte Victoria auf einmal nicht mehr in die Augen schauen und sagte mit zittriger Stimme.

„Nein, ich habe keine Ahnung, wer der Zeuge sein könnte. Hat er dir denn nichts erzählt?"

„Nein, er sei zur Verschwiegenheit verpflichtet. Was auch immer das heißen mag. Ich hoffe, ich kann dem Zeuge in der Verhandlung wenigstens ins Gesicht schauen und ihm sagen, dass er ein Lügner ist. Mein Edward würde nie jemanden töten."

„Ich kann es mir auch nicht vorstellen. Ich gehe jetzt mal in die Stallungen, wir sehen uns später."

Zur gleichen Zeit ist Adam bei Robert.

„Wie geht es dir heute?"

„Mir geht es heute schon viel besser, weil ich endlich den Namen des Mörders ausgesprochen habe. Wie lange muss ich denn noch hierbleiben?"

„Wir legen dich erstmal auf die normale Station und dann schauen wir, wie es dir in ein paar Tagen geht. Wenn es dir besser geht lassen wir dich wieder nachhause."

„Ich vermisse die Pferde, sie sind das Beste, was mir in den letzten Jahren passiert ist. Ich bin einfach nur froh dass mich der gute Mr. James von der Straße geholt hat. Er hat mir die Möglichkeit geben ein neues Leben anzufangen und jetzt ist er tot. Er war der beste Freund den ich je hatte."

„Hast du gesehen, wie es passiert ist?"

„Ja das habe, ich sah wie Edward den Stuhl wegezogen hatte und weggelaufen war. Ich war erst unter Schock und habe versucht, Mr. James zu retten, aber er war sofort tot, dann habe ich los geschrien und alle kamen angelaufen. Dann erinnere ich mich nur daran, dass ich hier in der Gummizelle wach geworden bin."

„Weißt du welcher Tag heute ist?"

„Nein, ich kann dir nicht sagen, wie lange ich hier war."

„Ok du warst 10 Tage hier und musst jetzt erstmal paar Tage auf die normale Station, damit du wieder zu Kräften kommst. Ist dir bewusst, dass du gegen Edward vor Gericht aussagen musst?"

„Ja das ist mir klar und ich möchte dass der Mörder seine gerechte Strafe dafür bekommt. Mr. James war einfach ein so herzlicher Mensch und ich verstehe nicht warum er sterben musste. Ich hoffe, die Wahrheit kommt noch ans Licht."

Inspektor Finch ist im Verhört mit Edward, er bleibt bei seiner Aussage, dass er unschuldig ist und keinen der Morde begangen hat. Finch ist sich sicher, dass Edward der Mörder ist. Robert ist auf dem Weg der Besserung und muss nun auch seine Aussage bei Inspektor Finch machen.

„Können sie mir schildern wie sich der Mord zugetragen hat?"

„Ja, ich kam in die Stallung und sah wie Edward den Stuhl unter Mr. James weggestoßen hatte und dann schnell weggelaufen ist. Er sah mich nicht, ich rannte sofort zu Mr. James um ihm zu helfen, aber ich stellte fest dass er tot war. Ich war einfach zu spät, ich hätte eine Minute früher da sein müssen, um ihm das Leben zu retten. Ich möchte auch dass er dafür bestraft wird was er ihm angetan hat. Können sie mir das versichern?"

„Versichern kann ich ihnen nichts, aber ich denke mir dass er wenigstens ins Gefängnis muss. Früher wäre er dafür an den Galgen gekommen. Er hat vermutlich zwei Morde begangen."

„Zwei? Wer war denn der andere?"

„Wir vermuten, dass er auch seinen Vater Patrick Cunningham getötet hat. Das sah zwar aus als wäre es ein Unfall gewesen, aber ich habe nie daran geglaubt."

„Warum sollte er den seinen Vater getötet habe?"

„Ich vermute aus Gier. Wir werden Edward bald dem Haftrichter vorstellen und dann wird ihm der Prozess gemacht. Ich hoffe, sie sind stark genug und bleiben bei ihrer Aussage?"

„Natürlich, ich will dass er bestraft wird, denn Mr. James war ein sehr besonderer Mensch für mich. Sagen sie mir bescheid, ich finde es nur schlimm zurück aufs Schloss zu gehen. Denn ich muss in die Augen von Victoria schauen und ihr sagen, dein Mann ist ein Mörder."

„Ich glaube da wird Lady Anne sie unterstützen, sie war auch diejenige, die hier bei uns war und uns ihren Verdacht erzählt hatte. Sie hatte auch Angst zurück aufs Schloss zu fahren, aber es ist alles gut. Es ist ja auch bald der Prozess."

Als Robert das Schloss betritt kam gleich Victoria, zu ihm.

„Geht es dir wieder besser?"

„Danke dass du fragst, mir geht es wirklich wieder gut. Die Tage in der Klinik haben mir gutgetan. Und wie geht es dir?"

„Wie soll es mir gehen? mein Mann ist im Gefängnis obwohl er unschuldig ist. Wenn ich den in die Finger bekomme der meinem Mann das angetan hat, werde ich mich vergessen."

„Ok, aber warum willst du dich vergessen? Dein Mann ist der Mörder von Mr. James und ich habe es gesehen."

„Du? Du bist der angebliche Augenzeuge?"

„Ja, ich habe gesehen wie dein Mann den Stuhl unter Mr. James weggetreten hat und wie sofort sein Genick gebrochen ist. Ich hoffe, er wird dafür seine gerechte Strafe bekommen."

Victoria geht wutentbrannt auf ihr Zimmer und schwört sich an Robert zu rächen. Lady Anne empfängt Robert mit offenen Armen und bietet ihm ein Zimmer im Schloss an. Sie denkt, dass sie sich mit einem Mann im Schloss sicherer fühlt. Er nimmt es dankend an und wohnt nun im Zimmer neben Lady Anne. Am nächsten Morgen, wird Edward dem Richter Wincent Buckingham vorgeladen und die Verhandlung beginnt. Der Gerichtssaal ist voller Menschen, einige wollen seinen Tot, aber es gibt keine Todesstrafen mehr. Viele Menschen bedauern das neue System, das es für Mörder keinen Galgen mehr gibt. Als Edward auf der Verhandlungsbank sitz, schlottern ihm schon sehr die Knie und er bekommt leichte Magenschmerzen. Richter Buckingham spricht:

„Angeklagter, treten sie vor und nehmen im Zeugenstuhl Platz."

Edward nimmt Platz und rückt sich noch seine Krawatte zurecht. Der Gerichtsdiener spricht und sagt,

„Bitte erheben Sie sich, das Wort hat nun Richter Buckingham."

„Angeklagter, was ist in der Nacht des Mordes passiert?"

„Verehrter Richter Buckingham, in der Nacht des Mordes war ich bei meiner Frau. Ich bin unschuldig und habe keinen Mord begangen. Deshalb kann ich zu der Tat auch nichts aussagen."

„Dann bitte ich sie auf ihren Platz zu gehen und rufe die erste Zeugin in den Zeugenstuhl. Mrs. Victoria Cunningham."

Edward setzte sich wieder auf seinen Platz und seine Frau Victoria kam in den Zeugenstuhl. Sie war sichtlich nervös und legte ihre Tasche vor sich auf den Schoss. Sie hielt sich an ihr fest, so dass man dachte sie hätte was zu verbergen.

„Mrs. Cunningham, was hat ihr Mann in der fraglichen Nacht gemacht?"

Victoria sprach mit leiser und zittriger Stimme.

„Mein Mann war bei mir die ganze Nacht, bis uns der Schrei von Mr. Robert Belfort, alle in den Stall laufen ließ."

„Sind sie sich sicher, dass ihr Mann mit ihnen zusammen war?"

„Ja, ich bin mir sehr sicher, wir sind zusammen in den Stall gelaufen."

„Danke, nehmen sie bitte wieder Platz und ich rufe als nächsten Zeugen Mr. Belfort in den Zeugenstand."

Robert tauschte mit Victoria die Plätze und der Blick von Victoria ließ einem das Blut in den Adern erfrieren.

„Mr. Belfort, können sie uns schildern, was sie in der fraglichen Nacht gesehen haben?"

Robert schaute sich im Saal um und blickte in die Augen von Edward, er verzog sein Gesicht, faltete die Hände zusammen und sprach mit lauter voller Stimme.

„Verehrter Richter Buckingham, ich wollte meine Nachtrunde machen um ein letztes Mal nach den Pferden schauen, so wie ich das jeden Abend mache. Ich öffnete das große Stall Tor einen Spalt und sah Edward wie er den Stuhl unter Mr. James wegtrat und dann schnell durch die Hintertür fortrannte. Ich lief sofort zu Mr. James und wollte ihn noch von dem Strick befreien, aber ich war zu spät sein Genick war gebrochen. Ich schrie so laut, das alle aus dem Schloss in den Stall gerannt kamen. Für mich war das so ein Schock, das ich erst wieder in einer Gummizelle zu mir kam."

„In einer Gummizelle?"

„Ja in einer Gummizelle, ich war etwa 10 Tage dort, ohne mich wirklich zu erinnern wo ich war, wie ich hier hinkam. Ich wusste nicht mal, welcher Tag überhaupt war. Mir ging es sehr schlecht, bis Lady Anne zu mir kam, meine Hand nahm und ich ihr den Namen des Mörders sagte. Das war für mich eine Befreiung von dem was ich durchgemacht habe."

„Und sie sind sich auch sicher, dass es dieser Angeklagte war?"

„Ja, das bin ich. Ich werde nie vergessen, wie er den Stuhl meines besten Freundes Mr. James weggetreten hat. Mr. James war für mich ein wichtiger und besonderer Mensch, der mir aus einer sehr schwierigen Lage geholfen hat. Ich kann ihnen nur sagen, es war Edward."

„Ich danke ihnen, bitte nehmen sie wieder Platz. Ich bitte nun nochmal Mr. Edward Cunningham in den Zeugenstand."

Robert hatte ein hämisches Lächeln im Gesicht und dachte sich, du sollst genauso leiden, wie Mr. James. Als er sich umdrehte, sah er genau in die Augen von Victoria. Die aber vor Scham, einfach nur zu Boden blickte.

Während auf einmal alle Blicke auf sie gerichtet waren. Sie hatte gelogen und das wusste sie auch. Dennoch konnte sie es nicht glauben, dass ihr Mann ein Mörder sei. Edward musste nun wieder in den Zeugenstand Platz nehmen.

„Mr. Cunningham, sind sie sich sicher, dass sie mit dem Mord nichts zu tun hatten?"

„Verehrter Richter Buckingham ja ich gestehe, ich habe ihn ermordet."

„Was war der Grund dafür, dass Mr. James sterben musste?"

„Der Grund, ja was war der Grund für meine Tat. Das ist eine gute Frage. Er wollte zu Inspektor Finch und ihm sagen wer meinen Vater Patrick Cunningham ermordet hat."

Es ging ein lautes Raunen durch den Saal und alle dachten sich, sein Vater. Er hat doch wohl nicht seinen Vater getötet und um das zu vertuschen noch Mr. James. Richter Buckingham stellte ihm noch eine Frage.

„Sie haben, also auch ihren Vater Mr. Cunningham getötet? Bitte schildern sie dem Hohen Gericht, warum und wie sie die Morde begangen haben?"

Edward wurde auf einmal ganz ruhig und im Saal war es Mucks Mäuschen still.

„Verehrter Richter Buckingham, ich muss wohl ganz von vorne anfangen. Ich wurde als ein junger Lord Atscher geboren und wuchs auch so auf, ich besuchte die besten Schulen. Ich verliebt mich später in meine wunderschöne Frau Victoria, ohne zu wissen, dass sie eine Dirne war. Für mich war sie die schönste Frau der Welt und als sie unser Zimmermädchen wurde wusste ich, ich mache sie zu meiner Lady. Als meine über alles geliebte Mutter, wegen zahlreichen Morden an den Galgen musste, hatte sich mein Vater Lord Atscher sich das Leben genommen. Dadurch wurde ich, also war ich der neue Lord Atscher.

Meine Schwester war aus dem Schloss und ich regierte das Land. Kurz vor dem Tot meiner Mutter sagte sie uns allen, dass sie eine Affäre mit unserm Butler Mr. Patrick Cunningham hatte und das ich sein Sohn sei. Sie können sich nicht vorstellen, was für ein Schock das für mich war. Ich war der jüngste Atscher, aber mein Mutter Tötet auch meinen Bruder und deshalb wurde ich als der letzte Atscher der neue Lord.

Nur als Patrick mich als seinen Sohn anerkennen wollte, sah ich rot und schlug ihm eine Schaufel ins Gesicht. Er wurde Bewusstlos und dann warf ich ihn in die Themse. Diese Tat hatte Mr. James wohl beobachte, aber immer seinen Mund gehalten, weil man dachte es wäre ein Unfall. Aus diesem Grund war ich nicht in der Gefahr, dass er mir mein Erbe wegnehmen würde. Leider fand meine Schwester einen Brief in dem meine Mutter, Patrick schrieb ich wäre sein Sohn und meine Schwester nahm mir alles weg. Ich war ein Lord und dann war ich ein nichts. Ich schickte meine Frau wieder in den Park wo sie ein paar Pfund verdiente, aber es reichte hinten und vorne nicht. Deshalb gingen wir zurück aufs Schloss und ich nahm eine Stelle als Butler an und Victoria als Zimmermädchen. Wir lebten lange sehr gut als Personal auf dem Schloss, bis Inspektor Finch anfing den Fall wieder aufzurollen. Er befragte jeden auf dem Schloss und dann wollte Mr. James aussagen, was er in der Nacht gesehen hatte. Das musste ich verhindern. Ich nahm ihn und betäubte ihn mit Benzin und hängte ihn mitten in der Stallgasse auf.

Ich fälschte einen Abschiedsbrief, in dem ich ihn als Mörder von Patrick darstellte und trat ihm den Stuhl weg. Ich rannte schnell aus der Hintertür hoch zu meiner Frau und dann hörten wir den Schrei. Wir liefen alle in die Stallgasse und sahen Robert wie er am Boden lag, mit dem Toten Mr. James im Arm. Es tut mir leid, dass alles so weit gekommen ist."

Es ging ein Raunen durch den Saal und einige schrien Mörder, du musst auch sterben. Dabei schauten alle zu Victoria, die ein sehr schlechtes Gewissen hatte. Da sie das ihrem Mann einfach nicht zugetraut hätte und sie für ihn gelogen hat. Für Robert war es eine Erleichterung. Lady Anne wusste es zwar, aber es nochmal so zuhören, machte es nicht leichter für sie. Wie konnte ihr Bruder einfach nur so brutal sein?

Der Gerichtsdiener bat die Personen sich zu erheben und Richter Buckingham wieder in Empfang zu nehmen.

„Mr. Edward Cunningham, ihre Taten waren schrecklich und grausam und wurden nur aus Habgier begangen, deshalb muss das Urteil auch sehr streng geahndet werden. Sie habe zwei Menschen getötet, um sich besser darzustellen, ihr Glück ist das es keine Galgenstrafe mehr gibt. Aber das soll nicht heißen, dass sie einfach so davonkommen. Mein Urteil lautet lebenslang in den Tower. Sie dürfen Besuch empfangen, solange jemand bereit ist, sie nach solchen Taten auch zu besuchen. Ich kann nur mein Bedauern den Hinterbliebenen ausdrücken. Mit meinem Urteil ist nun auch die Verhandlung geschlossen."

Edward musste sofort seine Haftstrafe antreten und konnte sich nur sehr kurz von Victoria verabschieden. Für Victoria war das kein schöner Moment, denn sie schämte sich für ihren Mann.

Ihr war klar, dass sie nun keine leichte Zeit haben wird. Ihre Tochter auf der Uni, ihr Mann im Gefängnis und sie alleine auf dem Schloss. Das erste was sie machte, sie entschuldigte sich bei Robert.

„Robert sie können sich nicht vorstellen wie ich mich vor ihnen schäme, es tut mir auch sehr Leid, dass ich sie so angefahren habe, aber ich hätte meinem Mann diese schrecklichen Taten einfach nicht zugetraut. Es tut mir wirklich aus tiefstem Herzen Leid, bitte nehmen sie meine Entschuldigung an."

„Victoria sie können einfach nichts dafür, ihr Mann hat die Taten begangen und sie wollten ihn nur schützen. So wie sich das für eine gute Ehefrau gehört. Machen sie sich keine Sorgen, ich werde ihnen das nicht nachtragen. Ich nehme ihre Entschuldigung gerne an."

„ich bin ihnen so dankbar, sie können sich nicht vorstellen wie erleichtert ich bin."

Sie wusste, dass sie mit ihm und Lady Anne nun alleine auf dem Schloss war, deshalb sollte dort Frieden herrschen.

Der neue Butler

Für Lady Anne und Victoria wurde die Arbeit auf dem Schloss einfach zu viel, deshalb brauchten sie einen neuen Butler. Der die Aufgaben von Edward übernehmen sollte. Die Dynastie an Butlern ist mit Edward vorbei. Lady Anne muss sich das erste Mal, nach vielen Jahren nach einem neuen Butler für das Schloss umschauen. Ihr war gar nicht bewusst, wonach sie eigentlich schauen muss, denn bisher waren die Butler auf dem Schloss, immer in der Generation von Cunninghams gewesen. Es kamen einige auf das Schloss, um sich vorzustellen, aber Anne schwebte was ganz Bestimmtes vor. Was ihr auch zu schaffen machte, dass ihr Mann nicht mehr auf dem Schloss war. Lord Robert lebte nun in einem Hotel in London. Er hoffte immer, dass sich Anne wieder fangen würde und ihn zurück aufs Schloss holte. So eine Entscheidung alleine zu treffen, lag ihr nicht, sie hatte immer alles mit Robert abgesprochen. Doch sie war sich zu stolz, Robert zurück zu holen, um ihn nach seiner Meinung zu fragen. Was bleibt ihnen nun? Sie muss selber jetzt nach einem passenden Butler, für das Schloss suchen. Alles im ganzen Land ist im Wandel, die Stadt wird immer größer und die Landfläche vom Schloss wird überschaubarer, dann sollte sie auch in der Lage sein einen neuen Butler zu finden. Der Tag der Vorstellung rückte immer näher und Anne wurde immer nervöser, so einen neuen Butler sucht man ja nicht alle Tage. Dutzende stellten sich im Schloss vor, aber keiner war ihr gut genug. Sie hatte hohe Ansprüche, immerhin muss er mit auf dem Schloss Leben und das ganze Schloss verwalten.

„Einer muss doch dabei sein?"

meinte Victoria.

„Es kann doch nicht sein, dass wir keinen finden der nicht in der Lage ist, das Schloss zu verwalten."

Victoria und Anne standen in der Bibliothek und schauten aus dem Fenster, als sie eine kleine Familie sahen. Sie kamen zu dritt die Allee entlang und schauten sich das Schloss an.

„Ein herrliches Anwesen."

sagte die Mutter zu ihrem Mann.

„Ja Papa, es ist zauberhaft hier. Ob du hier Arbeit findest? Auf diesem Schloss zuarbeiten und zu leben wäre ein Traum für uns. Wir könnten endlich aus unserer kleinen Wohnung raus und hier auf diesem schönen Anwesen leben."

Victoria und Anne, waren sofort in diese kleine Familie verliebt, „Das sind die Richtigen. Die werden unser Schloss wieder zum Leben erwecken".

Anne lief sofort zur Türe und heißte die Familie Brisborn herzlich willkommen.

„Kommen sie herein, ich freue mich sie kennen zu lernen. Ich hoffe, unser Schloss gefällt ihnen und ihnen ist bewusst, dass hier viel Arbeit auf sie wartet."

Vater Brisborn war sehr erschrocken, mit welchen Worten sie empfangen wurden.

„Danke, wir sind die Brisborn´s. Das ist meine Frau Grace, unser Sohn Jack und ich bin Jacob. Wir freuen uns hier so herzlich empfangen zu werden. Ich bin ein guter Butler und meine Frau Grace ist eine hervorragende Köchin. Unser Sohn kann neben der Schule sich noch etwas um ihren Park kümmern. Wir scheuen keine Arbeit und würden uns freuen, wenn wir hier für sie arbeiten können."

„Es gibt genug zu tun und ich freue mich dass sie ihre Familie mitgebracht haben. Ihre Frau scheint sehr gut zu uns zu passen und ihren Sohn bringen wir auch noch durch. Ich würde ihnen eine große Wohnung im Personal Trakt einrichten, so dass sie sich alle wohlfühlen. Mir ist es wichtig, dass sich mein Personal auf dem Schloss wohlfühlt."

Jack war ganz aufgeregt und plapperte einfach in das Gespräch.

„Dürfen wir auch hier wohnen?"

„Aber sicher, werdet ihr hier auf dem Schloss mit uns leben. Es soll euch an nichts fehlen, für unser Personal tun wir alles, wenn sie für uns alles tun."

„Prima ich freue mich, darf ich auch zu den Pferden?"

„Natürlich, darfst du zu den Pferden, unsere Pferde gehören zu den schönsten der Welt und wenn du Spaß an ihnen hast kannst du sie auch reiten."

„Reiten? Ich bin noch nie geritten. Das Geld dazu hat uns immer gefehlt, ein Pferd zu halten."

„Hier soll es euch an nichts fehlen und wenn du reiten lernen willst steht dir Robert gerne zur Verfügung."

„Prima ich lerne reiten, ich lerne reiten."

„Wenn sie also keine weiteren Fragen an mich haben, würde ich ihnen ihre Zimmer für heute Nacht zeigen und morgen in aller Frühe richte ich mit ihrer Frau die neue Wohnung ein."

„Danke Lady Anne sie sind so gütig, wir werden unser bestes für ihr Schloss geben."

Anne und Vitoria, waren glücklich so eine nette Familie gefunden zu haben.

„Victoria, diese Familie ist das Beste was uns auf dem Schloss passieren konnte. Wir hatten so viel Ärger in der letzten Zeit, dass endlich ein Lichtblick ins Schloss fällt."

„Ja, du hast die Richtige Wahl getroffen, zum Glück hast von den andern keinen genommen. Ich bin total begeistert, von der Familie. Aber ich finde, dass der Sohn wenig Ähnlichkeit mit seinen Eltern hat."

„Wie meinst du das?"

„Fandst du nicht, dass der Sohn ihnen nicht Ähnlich sah?"

„Ich fand, das war ein sehr hübscher junger Mann, wenn du mich so fragst, er sah wirklich viel zu gut aus für die zwei. Er erinnert mich an jemanden."

„Ja an wen?"

„Ich finde, er sieht aus wie mein Robert in jungen Jahren. So hatte ich mich in ihn damals verliebt."

„Na, na du wirst dich doch nicht in einen jungen Mann verlieben. Der ist viel zu jung für dich."

„Nein, keine Sorge ich liebe nur meinen Lord Robert. Der könnte mein Sohn sein, also mach dich nicht lächerlich."

Anne und Victoria gingen nach ihrem Gespräch, auf ihre Zimmer und legten sich ins Bett. Anne konnte diese Nacht nicht wirklich gut schlafen, weil sie einen neuen Butler im Schloss hatte, über den sie eigentlich nichts wusste. Ihr war sehr wohl bewusst, dass sie Lord Robert übergangen hatte und ihn irgendwann vor vollendete Tatsachen stellen musste.

Am nächsten Morgen, waren die Brisborn´s schon wach und richteten das Frühstück für Lady Anne her. Sie war begeistert, als sie wach wurde und das Frühstück auf ihr Zimmer bekam.

Das kannte sie gar nicht, sie speiste sonst immer im großen Speisesaal. Nur jetzt wo sie Alleine an der großen Tafel saß, fand sie dass, mit dem Frühstück auf dem Zimmer eine hervorragende Idee. Es musste sich einiges im Schloss verändern und die Brisborn´s machten ihre Arbeit sehr gut. Victoria stellte Grace einige Fragen.

„Hat ihr Mann immer schon als Butler gearbeitet?"

„Nein, mein Mann war früher mal Goldschmied. Leider hatte sein Meister nicht genug Aufträge, dass er uns regelmäßig bezahlen konnte. Er war lange Arbeitslos und ich musste in großen Häusern kochen. Ich war jedes Jahr in einem anderen Hause, weil man mich immer abgeworben hatte. Dass machte uns irgendwann müde, unser Sohn musste immer wieder mit uns umziehen und die Schule wechseln, dass ließ ihn mit der Zeit zu einem schlechten Schüler werden. Das ewige wechseln tat unserer Familie nicht gut, deshalb hoffen wir, dass wir hier für immer bleiben können."

„Mich hat es gewundert, dass ihr Sohn so anders aussieht!"

„Unser Sohn ist, unser Glück er ist das Beste was uns je passiert ist." Grace und Vitoria wurden richtige Freundinnen und konnten gut über alles reden. Nur ihr Geheimnis, wollte Grace für sich behalten. Grace machte sich nun wie immer an das Abendessen und überlegte sich was sie heute wieder für Lady Anne zaubern könnte. Sie wusste, dass sie mit ihrem Essen jeden in ihren Bann ziehen würde. Keiner konnte Ente so gut zubereiten, wie Grace. Ihre Ente war einfach ein Gaumenschmaus, sie machte die Ente immer im Guss Topf über der heißen Flamme und drehte sie jede zwanzig Minuten, auf eine neue Seite bis sie so knusprig war, dass sie mit Klößen und Rotkraut serviert werden konnte. Jeder freute sich im Schloss, wenn Grace Ente machte. Jack freundete sich im Stall mit Robert an, er brachte ihm den Umgang mit Pferden bei und sogar das Reiten. Jack verbrachte jede freie Minute im Stall, er liebte die Pferde. Für ihn war es das schönste, wenn er den wunderschönen Schimmel Hengst Sheitan reiten konnte.

Sheitan war ein Nachkomme von Lord Georg Atschers Lieblings Hengst Mesud, den er seiner Zeit von einem Ägyptischen Prinz geschenkt bekommen hatte und mit ihm jede Jagt gewonnen hatte. Sheitan, war das Ebenbild seines Vaters.

Da die Stadt immer größer wurde und damit die Wege immer kürzer, brauchte man nicht mehr so viele Pferde die noch vor der Kutsche liefen. Sie wurden fast ausschließlich für die Jagt genommen und Jack wollte unbedingt bei einer Jagt einmal mitreiten. Jack lernte sehr schnell und es gab noch viel Wald in dem am noch reiten konnte. Er liebte das Leben auf dem Schloss und hoffte, dass seine Eltern hier nie mehr wegwollen. Jacob, war zum ersten Mal zuhause angekommen, denn er hatte einen Beruf der ihm Spaß machte und in dem er aufging. Für ihn war das Leben als Butler eine neue Erfüllung, er konnte auch eine Aufgabe erfüllen und war nun nicht mehr nur auf seine Frau angewiesen. Auf dem Schloss war die ganze Familie Brisborn überglücklich. Keiner wunderte sich, dass es keinen Schlossherren gab, Lady Anne war einfach perfekt, zu ihnen.

Die Versöhnung

Victoria hatte ihren Edward seit der Verhandlung nicht mehr gesehen. Sie brachte es nicht über ihr Herz, ihn im Gefängnis zu besuchen. Sie liebte ihn zwar, aber die Enttäuschung war so groß, dass sie nicht die Kraft hatte zu ihm zu fahren. Edward trauerte sehr in seiner Zelle, denn es gab keinen der ihn besuchen wollte und er bereute sehr was er getan hatte. Soviel Zeit zum Nachdenken hatte er, dass er am liebsten Tod gewesen wäre.

Für ihn war das kein leichtes Leben, so alleine in seiner Zelle. Er wünschte sich nichts mehr, als das seine Frau oder seine Halbschwester in mal besuchen würden. Keiner machte sich den Weg vom Schloss nach Paddington wo das Gefängnis lag. Nicht einmal Lord Robert, der ja auch nicht mehr auf dem Schloss lebte wollte Kontakt zu Edward haben. Edward war ganz auf sich alleine gestellt. Er spielte oft mit dem Gedanken sich das Leben zu nehmen, aber dazu fehlte ihm der Mut. Einen anderen zu töten oder sich selber das Leben zu nehmen war doch ein großer Unterschied für ihn. Er bereute jeden Tag, dass er zum Mörder wurde und er hoffte immer, dass er eines Tages begnadigt werden würde. Aus Rom, kam ein neuer Kardinal und er sollte für eine heranwachsende Stadt wie London eine neue Abtei bauen. Für diese Abtei brauchte er ein Grundstück und das lief nur über Lord Robert, oder seiner Gemahlin Lady Anne. Beide waren sehr Gläubig und fanden die Idee für eine neue Abtei sehr gut. Dafür mussten sich beide wieder an einen Tisch setzten. Robert und Anne hatten sich viele Monate nicht gesehen, aber als sie sich sahen, waren die Gefühle bei beiden wieder so wie früher. Ihre liebe war immer noch da und es war als hätten sie sich nie getrennt. Beide mussten mit dem Kardinal eine Zeit ausmachen, um ein passendes Grundstück zu suchen wo er seine neue Abtei bauen konnte. Das Anwesen war ja immer noch sehr groß und hinter dem James Park, der zu Ehren ihres Kutschers nach ihm benannt wurde, war an der Themse ein schönes Grundstück was sie Kardinal Westminster für seine Abtei zur Verfügung stellen wollten. Ihnen war klar, dass sie mit dem Bau einer neuen Abtei, wieder ein Stück mehr in ihre Stadt investieren würden.

Eine Stadt die immer schöner wurde und von vielen anderen Mächtigen wurden sie beneidet. London wurde zu einem Dreh und Angel Punkt für moderne und Pracht volle Bauten. Mitten im Zentrum der blühenden Stadt stand das Schloss Dark Castle. Auf diesem Schloss haben sich Robert und Anne in einander verlieb. Sie merkten das ihre Liebe noch so groß war, dass sie beide zusammen wieder aufs Schloss fahren wollten. Für beide war ihre Versöhnung, das Geschenk ihrer Liebe. Lord Robert war außer sich als er endlich wieder zuhause auf Dark Castle war. Als erstes stellte Anne ihm das neue Personal vor. Sie ließ alle Angestellten antreten und wollte sie wissen lassen, dass Lord Robert endlich wieder zurück sei. Das alte Personal freute sich sehr und die neuen waren verwundert über die Person die vor ihnen stand. Über Monate waren die Brisborn's nun auf dem Schloss, aber wussten nicht wer Lord Robert war. Als sie ihn nun sahen, erschrak Grace und konnte ihm nicht in die Augen schauen. Sie hatte Angst dass er sie erkennen würde. Es waren zwar viele Jahre vergangen, aber sie hatte sein Gesicht nie vergessen. Auch wenn es nur ein kurzer Moment war, den sie sich gesehen hatten. Zum Glück hatte Lord Robert sie nicht erkannt.

Die Rückkehr

Das ganze Schloss ist in großem Aufruhr, alles soll wieder für Viola hergerichtet werden. Viola hat endlich die Uni abgeschlossen und wird zurück auf Dark Castle erwartet. Von den ganzen Ereignissen der letzten Monate hatte sie zum Glück nichts mitbekommen, weil sie sich nur um ihr Studium gekümmert hat. Sie hat es Erfolgreich abgeschlossen. Als sie auf dem Schloss ankam wussten alle, dass sie mit vielen Entscheidungen hier auf dem Schloss nicht gerechnet hätte. Keiner hatte sie in der letzten Zeit gesehen, oder mit ihr Kontakt gehabt. Das erste was ihr auffällt ist, dass ihr Vater nicht vor Ort und Stelle war. Ihr stellt sich die Frage, ob ihre Eltern noch zusammen sind? Warum standen ein neuer Butler in der Reihe und eine neue Köchin? Über Robert freute sie sich sehr, aber sie hatte sofort Jack in Augenschein genommen. Wer war wohl dieser gutaussehende junge Mann? Warum war ihre Mutter so verhalten? Sie stellte sich fragen überfragen und wollte dann mit ihrer Mutter über alles reden.

„Wo ist denn mein Vater?"

„Das ist eine sehr lange Geschichte, dein Vater ist leider nicht mehr bei uns. Wir haben uns zwar nicht getrennt, aber ich habe ihn seit seiner Verurteilung nicht mehr gesehen."

„Verurteilung? Was hat Vater denn getan?"

„Du hast von dem ganzen Prozess nichts mitbekommen?"

„Nein, sonst wäre ich doch sofort zurückgekommen. Ich habe keine Ahnung was passiert ist. Ich war einfach zu lange und zu weit weg. Bitte sag mir was ist mit Vater passiert."

„Dein Vater, hat zwei Menschen ermordet."

„Zwei Menschen? Wenn hat Vater und warum getötet?"

„Die Motive waren gier, dein Vater hat seinen Vater und dann James unseren Kutscher getötet. Er wollte verhindern, dass er seinen Reichtum und die Macht verliert. Deshalb tötete er zuerst seinen Vater, damit er nicht die Vaterschaft anerkennen konnte. Dann später noch Mr. James der die Tat gesehen hatte. Seit der Verhandlung habe ich deinen Vater nicht mehr gesehen."

„Du willst mir sagen, dass du Vater im Gefängnis noch nicht einmal besucht hast?"

61

„Nein, ich war seit Monaten nicht in seiner Nähe, er hat einfach zu viel kaputt gemacht. Er hat zwei Menschenleben ausgelöscht und versucht seine Halbschwester ungerechtfertigt zu beerben."

„Aber er ist doch dein Mann und mein Vater, du hast ihm geschworen, in guten wie in schlechten Zeiten. Zählt das für dich denn gar nicht?"

„Du hast leicht reden, du warst nicht bei der Verhandlung dabei. Statt zu gestehen und reue zu zeigen, hat er zuerst gelogen und wollte einen Freispruch. Jeder wusste, dass er es getan hatte, sogar mich hatte er als Zeugen geladen und mich um den Finger gewickelt für ihn zu lügen. Ich hatte für ihn gelogen, weil ich ihm vertraut habe dass er die Morde nicht begangen hatte. Später kam heraus, dass er es doch war und ich war die Lügnerin, deshalb habe ich deinen Vater noch nicht besucht."

„Ich hatte so viele Fragen, aber jetzt bin ich so geschockt, dass mir keine mehr einfällt und mich auch nichts anderes interessiert als meinen Vater wiederzusehen. Ich würde mich freuen, wenn du mich begleiten würdest."

„Ok, ich werde mit dir gehen und wir werden deinen Vater besuchen, aber bitte erwarte nicht zu viel von mir."

Victoria war am Tag des Besuches so nervös, denn sie hatte Edward ja nun schon lange nicht mehr gesehen. Wie er jetzt wohl aussehen mag? War er immer noch der attraktive Mann, oder war er fast verhungert und verwahrlost? Sie wusste ja nicht, wie es in so einem Gefängnis abgehen würde. Viola und Victoria kamen im Gefängnis an und waren über die Zustände schon etwas beschämt. So was haben sie sich nicht vorgestellt. Es war eine dunkle Kammer mit Gitterstäben, in die es hineinregnete und er hatte nur eine Bank und einen Eimer in der Zelle. Die große Wasserpfütze auf dem Boden benutzte Edward um sich zu waschen. Er schämte sich vor seiner Tochter und seiner Frau, denn dieser Attraktive Mann von früher, den gab es nicht mehr. Edward war sehr dünn, einfach nur dünn. Ohne jegliche Bemuskelung und mit einem sehr langen Bart und langen Haaren auf dem Kopf. Das Gesicht und sein ganzer Körper waren voller blauer Flecke und von Dreck übersehen. Seine Finger- und Fußnägel, waren lang und dreckig.

Sein Körpergeruch, war sehr streng und seine ganze Zelle roch nach Kot und Urin. Seine Augen waren, voller Trauer und Verzweiflung. Edward hatte einfach keinen Lebensmut mehr gehabt. Victoria und Viola, waren erschüttert als sie Edward sahen, was ist nur aus diesem schönen Mann geworden? Er ist gebrochen und bereut alles was er getan hat. Das sprechen fällt ihm schwer, da ihm die Kraft dazu fehlt. Victoria macht sich wahnsinnige Vorwürfe, dass sie nicht für Edward da war, als sie ihn so dringend gebraucht hatte. Ihr stolz stand ihr einfach im Weg. Jetzt sah sie mit eigenen Augen wie es ihm ging und es erschütterte sie sehr.

„Wie kann ich das wiedergutmachen?"

Wollte Victoria Wissen.

„Du musst nichts gutmachen, du hast niemanden getötet, ich alleine muss damit klarkommen und bereue jede Sekunde was ich getan habe. Leider kann ich das nicht mehr rückgängig machen, ich muss also euch um Verzeihung bitten."

„Vater, du hast zwei Fehler in deinem Leben gemacht und du bereust sie sehr. Ich hoffe du wirst irgendwann begnadigt. Dich so zu sehen tut mir so weh. Ich werde alles versuchen, dass du wieder frei kommst und wieder ein normales Leben, leben kannst. Ich werde mich erstmal dafür einsetzten, dass du hier ein Menschenwürdigeres Leben bekommst. Du sollst hier nicht mehr so leiden. Mutter und ich werden dich in Zukunft regelmäßig besuchen, damit du wieder mehr Lebensmut bekommst."

„Jawohl Edward, Viola und ich kommen ab jetzt öfter zu dir und werden dich nicht mehr im Stich lassen."

„Ich liebe euch beide so sehr und es tut mir wirklich so leid, was ich euch nur angetan habe."

Auf der Heimreise sprachen Mutter und Tochter kein Wort miteinander. Die Scham war ihnen ins Gesicht geschrieben, als sie auf dem Schloss ankamen. Victoria ging gleich auf ihr Zimmer und weinte bitterlich. Kurze Zeit später klopfte es an ihre Tür. Klopf, Klopf,

„Wer ist da?"

Fragte sie mit einer verweinten Stimme.

„Ich bin es, Lady Anne, darf ich hereinkommen?"

„Ja du darfst eintreten."

„Wie geht es Edward?"

Wollte Lady Anne wissen.

„Edward sieht sehr schlecht aus, er braucht unsere Hilfe, er hat keinen Lebensmut mehr. Ich glaube er hat sich aufgegeben und dass ist meine Schuld."

„Das ist nicht deine Schuld, du kannst nichts dafür. Er lebt nun im Gefängnis, für Taten, die er begangen hat. Du musstest auch mit der Situation leben und umgehen."

„Ja, aber ich lebe auf einem Schloss und er verwahrlost in einer kleinen dunklen, stinkenden, nässenden Zelle. Du kannst dir nicht vorstellen wie er aussieht, für Viola und mich war das ein Schock. Wir haben auf dem Weg zurück ins Schloss kein Wort miteinander gesprochen. Nicht weil sie sauer auf mich ist, sondern wir beide waren einfach geschockt wie Edward aussah. Er hat jeglichen Bezug zur Welt verloren. Ich weiß einfach nicht, wie wir ihm helfen können?"

„Du hast Recht, wir müssen ihm irgendwie helfen. Ich habe schon viel erreicht und wir werden es auch schaffen, dass wir ihn aus dem Gefängnis holen und eine Begnadigung erlangen."

„Ich hoffe nur, dass er bis dahin durchhält. Es wäre schön, wenn du ihn als seine Halbschwester auch mal besuchen würdest."

„Ja, ich werde ihn besuchen, immerhin ist er mein Halbbruder und das habe ich in den letzten Jahren etwas vergessen. Er war immer mein Lieblings Bruder, als wir noch Kinder waren."

Lady Anne war die Familie immer sehr wichtig und aus diesem Grund musste sie ihren Halbbruder Edward auch im Gefängnis besuchen. Ihr war nicht klar, wie schlimm die Zustände in so einem Gefängnis waren. Sie hatte sich zwar dafür eingesetzt, dass die Galgenstrafen abgeschafft wurden, aber wie es in so einem Gefängnis aussieht, hatte auch sie sich keine Gedanken gemacht. Die Zustände mussten sich definitive ändern, kein Mensch hatte es verdient unter solchen Umständen zu leben. Anne ging sofort zu Gericht. Sie beantragte für alle Insassen des Gefängnisses, eine Erleichterung und etwas mehr Würde, für die Gefangenen. Richter Buckingham, gab ihr Recht und sorgte dafür dass die Gefangenen mehr Würde und Respekt erhalten sollten.

Auch wenn es Mörder und Diebe waren die dort einsaßen, konnte man sie nicht so verwahrlosen. Viola war überglücklich, dass sich ihre Tante so für ihren Vater eingesetzt hatte und er beim nächsten Besuch schon etwas besser aussah. Er bekam wieder Leben in die Augen und seine Körperpflege war auch nicht mehr so schlimm, wie bei ihrem ersten Besuch. Selbst das Essen wurde besser und er nahm wieder etwas zu. Dadurch wurde auch seine Kraft im Köper wieder gesteigert und der Tägliche Ausgang mit anderen Häftlingen, war auch für sein Wohlbefinden um einiges angenehmer. Edward wollte stark werden um, irgendwann wieder für seine Familie da zu sein.

Der Kampf

Viola, war nun öfter bei ihrem Vater, dem es von Woche zu Woche sichtlich besser ging. Sie machte ihm Mut, dass sie sich für seine Begnadigung stark machen würde. Viola war sehr ehrgeizig und was sie sich einmal in den Kopf gesetzt hatte, wollte sie um Preis, durchsetzen.

Eine große Hilfe auf dem Schloss waren ihr immer Robert und Jack, beide versuchten sie immer so gut es ging aufzumuntern. Dem einen gelinkt das manchmal besser als dem anderen. Robert war früher schon mal für sie da, aber seit sie Jack kennt, ist alles anders. Jack ist immer sehr einfühlsam und hat immer ein offenes Ohr für ihre Probleme und die Freuden. Nur zwischen Robert und Jack läuft es nicht mehr so gut wie früher. Als Jack neu aufs Schloss kam, haben sie viel Zeit miteinander verbracht. Robert hat ihm gezeigt wie man mit Pferden umgeht und hat ihm das Reiten beigebracht. Jetzt ist der Kampf, um das Herz von Viola ausgebrochen. Sie sind eher Rivalen als Freunde, jeder will bei Viola der bessere sein. Das merkt auch Viola selber und lässt die beiden jungen Männer auch gerne mal zappeln. Für Jack ist es klar er liebt Viola, für Robert hingegen geht eine Freundschaft zu beiden kaputt und das wollte er eigentlich nicht bezwecken. Für ihn war klar, wenn Viola und Jack ein Paar werden würden, dann hätten beide keine Zeit mehr für ihn und er wäre der, der letztendlich alleine sei. Das wollte er auf jeden Fall verhindern. Robert musste etwas über Jack herausfinden, was Viola an ihm als abschreckend empfinden würde. Jeder hat doch ein Geheimnis, über das man nicht spricht. Welches hatte Jack?

Um das herauszufinden musste Robert, sich mit Jack wieder versöhnen um zu erfahren, was für ein Geheimnis er hat, welches ihn für Viola unattraktiv machen könnte. Jack bemerkt die Liest von Robert gar nicht, denn sie waren vor Viola ja auch gute Freunde gewesen. Viola hatte es genossen, dass sich gleich zwei Männer für sie interessierten, deshalb stachelte sie die beide auch immer etwas gegeneinander auf, aber als Robert mit seinem Plan im Kopf ein Geheimnis über Jack zu finden, sich nicht mehr darauf einließ, wollte sie wissen warum?

Robert muss ein anderes Ziel haben, als ihr den Kopf zu verdrehen. Sie wollte wissen, warum Robert sich verändert hat. Er zeigt kein Interesse mehr an ihr und das war für sie nicht in Ordnung, sie spielte gerne mit den Männern und ihren reizen. Warum konnte sie nicht herausfinden, wie Robert nun tickte? Er war doch früher an ihr interessiert, aber seit ihrer Heimkehr war er so verändert und sein Interesse ihr gegenüber wurde immer weniger. Sie hatte sich erhofft, dass sie ihn noch so Interessant finden würde, wie er das früher getan hatte, oder hatte sie sich das nur eingebildet? War er nie an ihr Interessiert gewesen? Viola wollte eigentlich immer hochhinaus und Jack und Robert waren ihr nur gut genug, weil sie beide gutaussahen, aber Geld brachte keiner so richtig mit. Sie war nun Anwältin und der eine Stallmeister und der andere hatte keine richtige Aufgabe im Leben. Was sollte sie also mit den beiden nur anfangen, außer ein paar Spiele zu spielen? Ein gutaussehender Adliger wäre ihr lieber, am liebsten jemanden mit einem Schloss und vielen Ländereien. Warum hat sie sonst ihr Studium so erfolgreich absolviert? Sie will sich ihre Zukunft nicht unbedingt mit zwei Männern zerstören, die in ihren Augen nichts geleistet haben.

Die Brüder

Robert ließ sich von nichts abbringen, um etwas über Jack herauszufinden. Er suchte und hörte alles was im Schloss über Jack gesprochen wurde. Bei all den positiven Worten über Jack, musste doch ein dunkles Geheimnis sein. Im ganzen Schloss hörte man immer nur, wie toll er doch sei, seine Eltern lobten ihn in den höchsten Tönen, hatte dieser Junge etwa nichts zu verbergen? Robert ist aber nicht der einzige, der versucht etwas herauszufinden, auch Viola macht sich auf die Suche und will erfahren, was mit Robert nicht stimmt. Er hat bestimmt etwas zu verbergen? Sie kann gar nicht verstehen, dass man Robert vor der Einstellung im Schloss nicht richtig unter die Lupe genommen hatte.

Im Arbeitszimmer von Lord Robert findet sie einen Brief von einem Oliver Hantun er schreibt:

Verehrter Lord Robert
Nach ihrem Wunsch den jungen Robert
Belfort zu überprüfen, bin ich auf einige
Dinge gestoßen, die Sie sicher interessieren
könnten. Es wäre gut, wenn wir uns in 2 Tagen
in meinem Büro treffen. Damit ich ihnen mehr
dazu sagen kann.
Mit freundlichem Gruß
Oliver Hantun

Also muss Robert etwas getan haben, wovon im Schloss außer Lord Robert keiner etwas weiß. Die Adresse von Oliver Hantun steht auch auf dem Brief. Viola lässt es keine Ruhe und sucht Oliver Hantun auf. Mit ihren Weiblichen Reizen, bekommt sie einen älteren Mann wie Hantun schnell dazu über einige Fälle zu sprechen. Sie schmeichelt sich erst bei ihm ein, dann sucht sie in seinem Büro nach Beweisen über Robert Belfort. Da sie dafür etwas länger braucht, muss sie sich öfter mit Hantun treffen. Hantun will immer mehr von ihr. Am Anfang konnte sie ihn noch gut von sich ablenken, aber umso öfter sie sich sehen, desto näher will Hantun ihr kommen.

Er ist schon recht besessen von Viola, er will ihren Körper, ihre Lippen und will sie schmecken. Viola will nur eine Akte über Robert finden, aber findet nichts über ihn. Als er versucht sie sexuell zu bedrängen, schreit sie um Hilfe.

„Du willst es doch auch."

„Nein, das wollte ich nie."

„Erzähl mir doch nichts, du bist eine Dirne wie deine Mutter."

„Meine Mutter?"

„Ja deine Mutter war früher mal eine Dirne, das habe ich herausgefunden, als ich für Lord Robert den Jungen Belfort überprüft habe. Deine Mutter war eine Dirne im Geheimbund von London. Meinst du ich hätte nicht gemerkt, warum du hier bist? Du wollest doch auch was über das Schloss erfahren?"

„Nicht über das Schloss, aber über Robert Belfort und wenn du mir sagst was du weißt, werde ich dich nicht wegen Vergewaltigung anzeigen. Das ist deine Entscheidung. Ich weiß wie es im Gefängnis abgeht, mein Vater sitzt dort schon wegen Mord. Wenn du zu ihm ins Gefängnis kommen solltest und er erfährt, wenn du vergewaltigen wolltest, garantiere ich für nichts. Einen Mord mehr oder weniger da kommt es im Gefängnis nicht drauf an."

„Nein, nein ich sage dir alles was ich weiß, ich will nur nicht ins Gefängnis. Was willst du wissen?"

„Alles, alles was du über Robert Belfort weißt."

„Ok Robert Belfort ist der Sohn von Kathrin Watts und Lord Robert, er wurde aber großgezogen von Martin Belfort. Keiner außer der Mutter wusste, dass sie keine Familie sind. Sie hatte auf der Uni eine Nacht mit Lord Robert verbracht und wurde schwanger. Dann hat sie ihren Sandkasten Freund geheiratet und mit ihm den jungen Robert Belfort großgezogen. Bis ein großer Streit kam und er von zuhause wegelaufen war. Dann war er kurz auf der Uni und studierte Modedesigner, aber das Geld reicht nicht lange aus. Er besorgte sich das Geld in Bars, wo Männer für ihn bezahlten. Dort traf er dann auch Mr. James, der ihm die Arbeit auf dem Schloss angeboten hatte. Als Lord Robert dann von Kathrin erfahren hatte, dass er einen Sohn hat, machte ich mich auf die Suche nach ihm und fand seinen Sohn auf seinem Schloss.

Er wollte aber nie, dass sein Sohn von ihm erfährt und bat mich nicht darüber zu sprechen, oder auch nur etwas in einer Akte aufzubewahren. Deshalb hast du auch keine Akte, über ihn bei mir gefunden."

„Dann ist Robert Belfort ein Lord?"

„Naja, wenigstens ein halber. Es wäre gut, wenn du dein Wissen für dich behältst, es könnte sonst schlimme Folgen für dich und deine Mutter haben."

„Er weiß es also nicht?"

„Nein, er hat keine Ahnung und so soll es auch bleiben."

„Gut wenn das so ist, dann will ich das du für mich auch, einen Auftrag machst. Ich will, dass du herausfindest woher Jack Brisborn kommt und was er vor der Arbeit auf dem Schloss gemacht hat."

„Jack Brisborn? Wer soll das sein?"

„Genau das sollst du für mich herausfinden. Robert versucht es vergeblich, aber ich weiß du wirst es schaffen die Wahrheit über diese Familie herauszufinden."

„Ok, ich werde dir den Gefallen tun, aber du musst wissen, was ich auch herausfinde mit den Folgen musst du leben."

„Das werde ich schon, mach dir keine Sorgen."

So verabschiedet sich Viola von Oliver und ist sich sicher, dass er herausfinden wird, was Robert sucht.

Das Robert ein halber Lord ist, kommt ihr sehr gelegen und macht ihn für sie noch etwas interessanter, ihr Herz schlägt zwar eher für Jack, aber wenn sie aufdeckt, dass er ein Lord ist. Wenn sie ihn heiraten würde, wäre sie die nächste Lady auf dem Schloss. Gewusst wie man, die Waffen einer Frau einsetzten kann. Dieses Geschick hat ihr scheinbar, ihre Mutter mit in die Wiege gelegt. Von der Vergangenheit ihrer Mutter wollte sie zwar nichts wissen, aber es interessiert sie schon, was ihre Mutter früher getan hat. Da sie ihre Mutter nicht danach fragen will, spricht sie mit ihrem Vater über Victoria.

„Sag mal was war meine Mutter früher für eine Person?"

„Deine Mutter war immer ein guter Mensch und sie war das Zimmermädchen auf dem Schloss."

„Ich will nicht erfahren, was meine Mutter auf dem Schloss war, sondern was sie vor der Arbeit dort gemacht hat. Sie war eine Dirne?"

Ihr Vater schluckt und schaute Viola erschrocken an.

„Eine Dirne sagst du? Wie kommst du darauf?"

„Ich habe jemanden getroffen, der mir gesagt hat, dass meine Mutter früher eine Dirne war und ich will nun die Wahrheit über meine Mutter erfahren. Mit ihr kann ich über diese Thema nicht reden, aber du kannst mir die Wahrheit sagen."

„Also gut, du bist alt genug um zu erfahren, was deine Mutter früher getan hat. Deine Mutter gehörte zu einer der schönsten Frauen von London. Sie musste im Geheimbund, den reichen Männern zur Verfügung stehen. Ich habe deine Mutter als junger Mann gesehen und mich in sie verliebt. Meine Mutter wollte sie töten, weil sie nicht wollte, dass ich verliebt in eine Dirne bin. Zum Glück für Victoria, aber für ihre Freundin war es nicht so gut. Meine Mutter hatte ihr die Kehle aufgeschnitten und wurde deshalb später an den Galgen gehangen."

„Meine Großmutter, war eine Mörderin?"

„Ja, sie hatte Frauen und meinen älteren Bruder ermordet."

Viola war geschockt, weil sie mit dieser Aussage nicht gerechnet hätte. Sie kannte ihre Familiengeschichte nicht und wollte nun mehr erfahren.

„Ich wusste nicht, dass du noch einen älteren Bruder hast, wie ist er gestorben?"

„Mein Bruder war, ein sehr ruhiger und liebevoller Mensch. Da er der erstgeborene Sohn war, musste er mit unserem Vater in den Geheimbund. Wo man Frauen, für Sex bezahlte und sie auch richtig schlecht behandelt hat. Mein Bruder war anders, er liebte nicht die Frauen sondern er liebte den angehenden Arzt Adam Pooth. Nach einiger Zeit verliebten sich beide in einander und das war für meine Mutter ein rotes Tuch. Sie kannte keinen Ausweg, als ihn zu töten. Sie wurde Verurteilt zum Tot am Galgen, dann nahm mein Vater sich auch das Leben und wir waren nur noch zu zweit. Ich erbte das Vermögen, weil ich der letzte Sohn der Atschers war. Aber dann stellte sich heraus, dass ich kein Atscher sondern ein Cunningham bin.

Damit wollte ich nicht leben und habe meinen eigenen Vater erschlagen, weil er die Vaterschaft für mich anerkennen wollte. Das konnte ich nicht zulassen, da ich sonst alles verloren hätte.

Leider hatte ich durch meine Gier, dennoch alles verloren, aber Anne gab uns eine zweite Chance. Wir lebten lange Zeit, in Frieden auf dem Schloss. Als Inspektor Finch wieder anfing den Fall aufzurollen, wegen meinem Vater, wollte Mr. James mich verraten. Ich wollte seinen Tot als Selbstmord darstellen, aber Robert Belfort hatte mich am Tatort gesehen, wie ich ihm den Stuhl unter den Füßen weggetreten hatte."

„Du sitzt wegen Robert Belfort hier im Gefängnis?"

„Ja er war der einzige Zeuge, der den letzten Mord gesehen hatte. Er war eine Zeitlang in der Irrenanstalt und nach seiner Zeit der Genesung sagte er als Zeuge gegen mich aus."

„Robert Belfort, weißt du wer das ist?"

„Nein wer soll er denn sein? Er ist doch nur der Stallbursche im Schloss."

„Nein, er ist der Sohn von Lord Robert und Kathrin Watts sie hatten eine Nacht auf der Uni miteinander verbracht, dabei ist sie Schwanger geworden. Sie hat dann schnell Martin Belfort geheiratet und Robert als einen Belfort großgezogen. Das alles hat Oliver Hantun für Lord Robert herausgefunden."

„Und Belfort hat keine Ahnung, wer er wirklich ist?"

„Nein, er weiß es nicht und so soll es auch bleiben. Ich wollte die Bombe erst platzen lassen kurz bevor ich ihn heirate, um die nächste Lady auf dem Schloss zu sein. Aber jetzt wo ich weiß, was er dir angetan hat, will ich Rache. Er soll lieber weiter Ställe ausmisten, statt an der Tafel im Schloss zu sitzen."

Viola wollte dass er dafür büßt, was er ihrem Vater angetan hat. Jetzt wollte sie ihn dafür nicht mehr belohnen, in dem sie ihn zu einem Lord macht. Da verzichtet sie lieber auf den Lady Titel. Er sollte nicht ungestraft davonkommen. Die Frage ist nur, wie will sie ihn büßen lassen, ohne dass jemand es merkt, dass sie ihre Finger mit im Spiel hat. Immerhin ist sie eine Anwältin und will wegen ihm nicht ihre Zulassung verlieren.

Die Flucht

Zwischen Lady Anne und Lord Robert läuft die Beziehung wieder richtig gut und das Vertrauen, ist wieder zu achtzig Prozent da. Ein kleines Mistrauen hat Anne noch ihrem Mann gegenüber, aber sie liebt ihn immer noch wie am ersten Tag. Eines Morgens steht Oliver Hantun, vor der Türe von Dark Castle, der neue Butler Jacob Brisborn öffnet die Türe und würde gerne wissen, wer der Herr sein.

„Guten Tag der Herr, was kann ich für sie tun?"

„Ich würde gerne Lord Robert sprechen."

„In welcher Angelegenheit? Und wie lautet ihr Name?"

„Ich glaube, die Angelegenheit ist vertraulich und mein Name ist Mr. Hantun."

„Ich werde sehen, ob Lord Robert sie empfangen will."

Mr. Brisborn, geht ins Arbeitszimmer zu Lord Robert und kündigt den Besuch an.

„Lord Robert hier ist ein Mr. Hantun der sie gerne in einer Angelegenheit sprechen will."

„In welcher Angelegenheit?"

„Das wollte er mir nicht sagen, es sei sehr Vertraulich."

„So, so also in einer Vertraulichen Angelegenheit kommt Mr. Hantun zu mir. Dann bitten sie ihn bitte herein."

Mr. Brisborn geht wieder in die Eingangshalle zurück und bittet Mr. Hantun ins Arbeitszimmer. Mr. Brisborn ist sehr neugierig und lauscht an der Türe, um etwas über die Gespräche zwischen Lord Robert und Mr. Hantun zu erfahren. Leider hört er nur Bruchteile. Er verstand nur das Mr. Hantun von Lord Robert eine Stange Geld fordert, weil er sonst zu Lady Anne gehen würde.

Als Viola die Treppe herunterkommt, sieht sie wie Mr. Brisborn an der Türe steht.

„Was suchen sie hier?"

Er stammelte nur und sagte.

„Ich, ich habe nur einen Gast zu Lord Robert gebracht."

„Einen Gast? Hat der Gast auch einen Namen?"

„Mr. Hantun, so hat er sich genannt."

„Sind sie sich sicher, dass er Hantun sagte?"

„Ja er wolle Lord Robert sprechen, aber wollte mir nicht sagen was er von ihm wollte. Das kam mir schon sehr eigenartig vor, weil er auch sehr nervös wirkte."

„Sind sie sich sicher?"

„Ja ich habe auch nur gehört, dass er Geld fordert, oder er würde zu Lady Anne gehen."

Viola wurde ganz nervös und dachte sich was will er jetzt von Lord Robert, ob er ihn Erpressen will wegen ihrer Sache, oder ob was ganz anderes herausgefunden hatte.

Für Viola gab es nur eine Art das herauszufinden und zwar musste sie heute Mittag zu ihm ins Büro fahren. Vor lauter Quatscherei mit Viola, hat Mr. Brisborn nicht gemerkt, das Mr. Hantun das Arbeitszimmer verlassen wollte. Mr. Hantun fragte ihn.

„Haben sie etwa gelauscht?"

„Was ich soll gelauscht haben, nein wie kommen sie den darauf?"

„Weil sie immer noch vor der Türe stehen und zwar alleine."

„Nein ich habe nicht gelauscht, ich habe mich mit Mrs. Viola unterhalten und sie ist aber gerade die Treppe wieder zu ihrem Zimmer gegangen."

„Mrs. Viola, war auch hier?"

„Ja, wir haben uns kurz unterhalten und dann ist sie ganz plötzlich wieder gegangen."

Mr. Hantun ging zur Türe, verabschiedete sich und fuhr zurück in die Stadt. Als Lord Robert das Arbeitszimmer verlassen hatte, war er ganz Blass im Gesicht. Er stammelt was von, nicht schon wieder und nicht hier auf dem Schloss. Victoria die ihm entgegen kam, konnte mit den Worten nichts Anfangen und ließ ihn an sich vorbeiziehen. Er hatte sie gar nicht bemerkt, das war gar nicht die Art von Lord Robert einfach an jemandem vorbei zu gehen ohne zu Grüßen. Eigenartig, da muss was Schlimmes passiert sein, er hat einen Geist gesehen, dachte sich Victoria. Auf seinem Zimmer angekommen setzte er sich auf sein Bett und wusste gar nicht was er jetzt in dieser Situation machen soll. Das würde Lady Anne ihm niemals verzeihen. Er sah nur einen Ausweg, er packte seine Koffer und schrieb einen Brief. Er verließ das Schloss und sah nur die Flucht, vor allen Problemen als die beste Lösung.

Victoria die am Fenster stand und sah wie Lord Robert mit einem Gepackten Koffer das Schloss verließ, wunderte sich und ging dann in sein Zimmer. Dort fand sie den Brief auf seinem Nachttisch. Er war sogar mit Wachsversiegelt, das konnte nichts Gutes heißen. Sie nahm den Brief an sich und legte ihn unter ihre Matratze. Als Lord Robert abends nicht zum Essen erschien, machte Lady Anne sich sorgen. Sie wollte von allen wissen wo ihr Mann sei. Leider konnte ihr das keiner sagen und Victoria schwieg über den Brief und die Flucht von Lord Robert. Mr. Brisborn sagte ihr nur, das ein Mr. Hantun auf dem Schloss war. Danach hat er den Lord nicht mehr gesehen. Dass Lord Robert von ihm erpresst wurde, hatte er ihr verschwiegen. Lady Anne machte sich Gedanken, wo kann Lord Robert nur hingegangen sein? Es war doch gar nicht seine Art, das Schloss einfach so zu verlassen ohne jemandem Bescheid zu sagen. Sie musste sich nun mal, in seinem Zimmer umschauen, ob er ihr was hinterlassen hatte.

Die Krankheit

Es vergingen Wochen und keiner hat auch nur etwas von Lord Robert gesehen oder gehört. Lady Anne verzweifelte schon, weil sie nicht wusste, was mit ihrem Mann passiert sei könnte. Es war ihr unbegreiflich, dass er ohne ein Wort das Schloss verlassen hatte und wie vom Erdboden verschluckt war, sie machte sich die größten Vorwürfe. Damit ihr aber auch keiner anderer gesprochen hatte, hatte sie keine Ahnung weder von der Erpressung, noch von dem Brief. Entweder ist Lord Robert Tot, oder er ist nicht mehr in England. Ob er sich was angetan hat? Das Schloss war so leer ohne den Lord, zum Abendessen holte Lady Anne das ganze Personal an die Tafel. Da sie sich so alleine fühlte, war sie einfach nicht mehr wiederzuerkennen. Es ging ihr von Tag zu Tag immer schlechter, sie verfiel in eine richtige Depression. Sie hatte einfach keinen Spaß mehr am Leben, dass der Lord verschwunden war machte ihre große Sorge. Als sie eines Abends beim Essen saßen, wurde es Victoria ganz schwarz vor Augen und fiel zu Boden. Alle waren ganz aufgebracht, Jack brachte sie auf ihr Zimmer. Viola holte sofort Dr. Adam Pooth, er sollte nach ihrer Mutter schauen. Als er auf dem Schloss ankam sah er Robert und er wurde sehr nervös. Er hoffte, dass keiner bemerken würde, was er mit Robert hatte. Er wurde sofort auf das Zimmer von Victoria gebracht, wo er sie auch sofort untersuchte. Ihm war gar nicht wohl, bei dem Aussehen von Victoria.
„Wie lange hat sie diese Symptome schon?"
Lady Anne sagte, ihm nur.
„Man hat ihr nie etwas angemerkt, sie hat wohl mal über Schmerzen geklagt, aber wenn sie gefragt hat, -sollen wir zu einem Arzt? Wollte sie das nie, es sei nicht so schlimm. Deshalb hatten wir auch nichts unternommen."
„Ich befürchte es sieht nicht gut aus. Ich würde sie gerne noch genauer in meiner Klinik untersuchen."
Da ergriff Viola das Wort.
„Was meinen Sie, dass es nicht gutaussieht?"
„Ihre Mutter leider an Krebs und sie hat nicht mehr lange zu Leben."

„Sie hat Krebs? Das kann doch wohl nicht wahr sein, ich hatte meine Mutter immer, als eine Lebensfrohe Frau in Erinnerung, aber jetzt soll sie Krebs haben?"

„Ich befürchte, dass ich ihnen nichts Besseres sagen kann, aber um wirklich sicher zu sein, würde ich sie mit ins Krankenhaus nehmen um dort bessere Untersuchungen durchzuführen. Ich glaube, aber dass sie nicht mehr lange zu leben hat."

Viola weinte bitterlich und Lady Anne nahm sie sofort in die Arme.

„Mein Kind wir schaffen das schon, ich werde dich nicht im Stich lassen."

Mit vielen tränen und einer zittrigen Stimme sagte Viola.

„Erst mein Vater und jetzt meine Mutter, wie soll ich das alles überstehen? Ich weiß gar nicht, was ich so Schlimmes gemacht habe, dass ich das so verdient habe. Ich habe doch nur noch meine Eltern. Alles wird mir immer genommen. Ich kann einfach nicht mehr."

Jack strich ihr die Tränen aus dem Gesicht und legte seine Hand um ihren Kopf und sagt ihr.

„Ich werde auch immer für dich da sein. Du bist für mich der wichtigste Mensch auf dieser Welt und bitte komm zu mir, wenn du sorgen hast. Ich helfe sie dir kleiner zu machen."

Viola schaute ihn an und sagte ihm.

„Danke, aber bei meinen Sorgen die ich zurzeit habe, kann mir keiner helfen. Ich glaube, ich wäre jetzt gerne alleine mit meiner Mutter."

Adam Pooth, sagte dann nur noch.

„Ich werde ihnen heute noch die Zeit geben, aber morgen früh werde ich ihre Mutter zu mir ins Krankenhaus holen. Bitte packen sie ihr ein paar Sachen ein, damit sie ein paar Tage bei mir zur Beobachtung bleiben kann."

Als Victoria am nächsten Tag abgeholt wurde, war die Trauer auf dem ganzen Schloss zu spüren, jeder der Victoria kannte liebte sie. Sie hatte immer ein offenes Ohr für jeden und nun ging so eine gute Seele auf unbestimmte Zeit ins Krankenhaus. Das erste was Viola machte, war ihren Vater zu besuchen. Edward der mittlerweile, wieder besser aussah war glücklich, dass seine Tochter in besuchen kam. Er lächelte Viola an und fragte sie.

„Wo ist deine Mutter?"

77

Viola brach in Tränen aus und stammelte.

„Deswegen bin ich hier Mutter geht es nicht gut. Gestern beim Abendessen ist sie zusammengebrochen und Dr. Pooth hat sie heute Morgen ins Krankenhaus geholt, weil er den Verdacht hat, dass sie Krebs hat."

Edward war erschüttert, dass seine wunderschöne Victoria krank sein sollte. Er würde sie dann wahrscheinlich nie wieder sehen.

„Wie kommt er darauf, dass sie Krebs hat?"

„Ihr ging es seit Wochen schon nicht gut, aber sie wollte immer stark sein und hatte die Schmerzen heruntergespielt.

Ich glaube, sie wollte keinem zur Last fallen. Du kennst Mutter sie ist immer eine starke Frau."

„Ja ich kenne deine Mutter, besser als jeder andere. Ich muss deine Mutter aber nochmal sehen, bevor sie stirbt."

„Ich werde mit Lady Anne reden und hoffe sie kann es erreichen, dass du sie nochmal sehen kannst. Auf dem Schloss geht alles drunter und drüber, denn Lord Robert ist auch verschwunden. Keiner weiß wo er sich aufhält."

„Was ist nur los, auf Dark Castle? Dieses Schloss bringt unserer Familie nur Unglück. Es hat einfach keinen guten Einfluss, seit unsere Eltern tot sind. Ich bitte dich mein Kind, sprich mit Anne sie soll es mir ermöglichen, dass ich deine Mutter nochmal sehen kann."

„Ja Vater, das werde ich auf jeden Fall mit ihr besprechen, aber sei mir nicht böse, denn ich will jetzt erstmal, für Mutter da sein."

„Ich bin nicht böse, sag deiner Mutter dass ich sie immer lieben werde."

„Das werde ich."

Viola nimmt ihren Vater in die Arme und beide können ihre Tränen nicht mehr zurückhalten. Sie verabschieden sich voneinander und Viola macht sich sofort auf den Weg, zu ihrer Mutter ins Krankenhaus. Dort trifft sie auf Dr. Adam Pooth.

„Herr Dr. können sie mir nun sagen, was mit meiner Mutter los ist?"

„Ja es tut mir wirklich leid, aber ihre Mutter ist bereits im Endstadium. Ich werde sie morgen wieder nach Hause lassen, weil wir hier für sie leider nichts mehr tun können."

„Wie lange wird sie noch Leben?"

„Das kann ich ihnen nicht genau sagen, es können Tage oder noch Wochen sein. Ich möchte nur dass sie dann in ihrer gewohnten Umgebung ist. Sie braucht jetzt sehr viel Ruhe und Zuwendung. Bitte sorgen sie gut für ihre Mutter."

„Das werde ich, ich werde auch versuchen, dass mein Vater sie nochmal sehen kann."

Als Viola wieder im Schloss ankam, sprach sie gleich mit Lady Anne.

„Bitte sprechen sie mit Richter Buckingham, dass mein Vater meine Mutter noch einmal sehen kann."

„Mach dir keine Sorgen ich werde ihn gleich morgenfrüh aufsuchen und mit ihm reden, dass er einen Tag mit ihr verbringen kann.

Am nächsten Morgen, suchte Anne sofort Richter Buckingham auf um mit ihm zu reden."

„Richter Buckingham ich habe eine sehr große bitte an sie. Auch wenn mein Halbbruder Edward, zwei grauenvolle Morde begangen hat, so bitte ich sie, dass er nochmal einen Tag mit seiner Todkranken Frau verbringen kann. Sie hat nicht mehr lange zu leben, da sie schwer an Krebs im Endstadium leidet und nur einen Wunsch hat. Sie würde gerne noch einmal ihren Mann sehen, aber sie ist zu schwach um ihn besuchen zu können."

„Lady Anne sie wissen, dass ich ihnen keinen Wunsch abschlagen kann, ich hoffe nur das er dann nicht flüchtet."

„Nein, ich werde dafür sorgen, dass er danach wieder zurück ins Gefängnis geht. Sie können auch gerne Wachmänner um das gesamte Schloss verteilen, das sie sicher sind das er nicht flüchtet."

„Ich werde ihnen vertrauen, wenn sie mir sagen, dass er zurückkommt, dann soll er seinen Tag mit seiner Frau habe."

Anne berichtet Viola sofort von der guten Nachricht. Am nächsten Tag, darf Edward schon seine Frau in den Armen halten. Beide weinen und bitten sich gegenseitig um Verzeihung, keiner will den anderen verlieren, aber beide werden sich wohl nie mehr sehen. Wir haben nur noch, diesen einen Tag zusammen. Wir müssen daraus den schönsten Tag, unseres Lebens machen. Das ganze Schloss wird so geführt, dass keiner die beiden auch nur stören kann.

Edward fährt Victoria im Rollstuhl durch den Schlosspark, weil sie zu schwach ist selber zu laufen.

Sie sitzen am Teich, in der Höhle wo sie sich in ihrer Jugend immer heimlich getroffen hatten. Grace machte für sie ein Picknick zurecht, das keine Wünsche offenließ. Sie tranken und aßen, was Grace ihnen gezaubert hatte. Sie küssten sich immer und immer wieder denn sie wussten, wenn der Tag vorbei ist, werden sie sich nie wiedersehen. Keiner hätte je gedacht, dass ihre Liebe mal so enden würde. Sie endete so, wie sie begonnen hatte in ihrer Heimlichen Höhle. Zu später Stunde fuhr er sie wieder zurück ins Schloss und brachte sie auf ihr Zimmer. Sie legten sich noch beide in ihr gemeinsames Bett, machten den Kamin an und Victoria lag in Edwards Armen bis sie eingeschlafen war. Edward streichelte ihr die ganze Zeit liebevoll über den Kopf und küsste sanft ihre Stirn. Sie schlief tief und fest ein und merkte nicht, dass ihr Mann abgeholt wurde. Edward wollte gar nicht mehr von ihr weg. Er weinte und weinte, doch es zerriss ihm das Herz. Er wusste, dass er seine Frau nie mehr in den Armen halten könnte. Er war nur froh, dass seine Frau von dem Abschied nichts mitbekommen hatte.

Er bedankte sich bei Anne, dass er Victoria noch einmal sehen durfte.

„Ich weiß, ich habe viele Fehler gemacht, aber ich bin dir so Dankbar, dass ich sie nochmal sehen durfte. Du hast mir damit einen Traum wahrgemacht."

„Edward du bist und bleibst mein Bruder und in so einer Situation müssen wir zusammenhalten. Ich hätte mir das nie verziehen, wenn Victoria gestorben wäre und du hättest sie nicht mehr sehen können."

„Ich danke dir, das war das größte und schönste Geschenk was du mir je gemacht hast."

Dann musste Edward zurück ins Gefängnis. Nur mit den Erinnerungen, an seine Frau und dem letzten schönen Tag mit ihr. Wie sehr ihm das Schloss und die Bewohner fehlten und vor allem seine Victoria. Er konnte die ganze Nacht nicht schlafen, weil er nur an den letzten schönen Tag mit ihr denken musste. Als Victoria morgens wach wurde, war ihr nicht mehr klar gewesen, ob das ein Traum war oder ob sie ihren Mann wirklich noch mal gesehen hatte. Sie war vom Kopf her schon sehr durcheinander und schrieb ihrem Mann den letzten Brief.

Mein lieber Edward
Das werden die letzten Zeilen sein,
die ich Dir schreibe. Ich weiß nicht
wie lange ich noch zu leben habe.
Ich weiß nur eins, wenn der gestrige Tag
kein Traum war, war es der schönste
Tag in meinem Leben. Ich hoffe, Du
wirst mich nie vergessen und mich
noch über den Tot hinaus lieben,
so wie ich Dich immer Lieben werde.
Ich hoffe, Du kommst nochmal frei, dass
Du Dich um unsere Tochter
wieder kümmern kannst, sie hat nur noch
Dich.
Ich liebe Dich
Deine Victoria

Diesen Brief sollte Viola ihrem Vater, ins Gefängnis bringen, damit er sie nie vergessen würde. Dabei plagt sie aber nun selber ein schlechtes Gewissen. Sie ließ nach Lady Anne rufen.

„Anne es tut mir so leid, was ich dir angetan habe."

„Du hast mir nichts angetan, du warst immer eine gute Freundin, Schwester und Schwägerin, es gibt nichts wofür du dich entschuldigen musst."

„Doch da gibt es noch was, was ich dir sagen muss."

„Was musst du mir denn noch sagen?"

„Ich weiß gar nicht wo ich anfangen soll, ich habe einen großen Fehler begangen."

„Es gibt keinen Fehler, den ich dir in deiner Situation nicht verzeihen würde."

„Ich hoffe, du kannst mir verzeihen. Ich habe damals gesehen dass Lord Robert das Schloss verlassen hatte."

„Wie, du hast es gesehen?"

„Er kam aus dem Arbeitszimmer und ging ganz blass an mir vorbei und er hatte mich überhaupt nicht wahrgenommen. Er ging auf sein Zimmer und dann sah ich nur wie er mit zwei Koffern das Schloss verlassen hatte. Ich ging dann in sein Zimmer und sah einen Brief an dich auf seinem Nachttisch. Ich nahm ihn an mich und legte ihn unter meine Matratze."

„Du hast einen Brief von meinem Mann und sagst nichts?"

„Es tut mir so leid, ich wollte dich schützen und dann hatte ich nicht mehr den Mut es dir zu sagen. Aber dann wurde ich krank. Jetzt wo ich nicht mehr lange lebe, möchte ich reinen Tisch machen."

Victoria hob die Matratze hoch und gab Lady Anne den Brief. Lady Anne wusste nicht was sie machen sollte. Sie nahm den Brief und legte ihn sich auf die Hand. Mit der anderen Hand streichelte sie über das Wappen seines Siegelrings. Anne brach in Tränen aus und öffnete in ganz vorsichtig.

Fortsetzung folgt...

Satz und Layout:
Michael Schmitz
Schulstr. 9
53959 Dahlem
buchautor@web.de
Instagram @schmitzmichael8878
Facebook Blutrot bis zum Morgengrauen
www.buchautorms.de

2021 Kreativwerkstatt Dahlem

© 2022, Michael Schmitz
Herstellung und Verlag: BoD – Books on
Demand, Norderstedt
ISBN:9783755730613